クラーク巴里探偵録

三 木 笙 子

幻冬舎文庫

クラーク巴里探偵録

目次

第１話　幽霊屋敷《メゾンアンテー》

宿無しにならなくてすんだか、と晴彦は家事一切を買って出た。

二親を早くに亡くし、子どもの頃から弟の面倒を見てきただけに、炊事洗濯には自信がある。

「あんたを雇ったのは座長だ」

そう言って孝介は迷惑げな顔をしていたが、気兼ねのない独り暮らしを邪魔しているには違いなく、晴彦にとってはせめてものお詫びのつもりだった。

おまけに座長から「うちで働かねえか」と誘われたものの、今のところ何をするでもなく、ただ飯喰らいの状態が続いていた。

貧乏性は根っからで、とにかく身体を動かしていないと落ち着かない。

角の店で買ってきた温かいパンの袋を卓子《テーブル》に置くと、窓掛を引き硝子《ガラス》戸を開けた。

射しこむ朝日に思わず目を細めて、晴彦は大きく息を吸いこんだ。

夜明けの清々《すがすが》しさは、日本から遠く離れた巴里《パリ》であっても変わりはない。

貸間《アパルトマン》の台所兼食堂は中庭に面していた。

庭木の枝を揺らす小鳥がしきりにさえずる中、時おり他所《よそ》の部屋で窓を開ける音が聞こえてくる。

どこからともなく珈琲《カフェ》の香りが漂ってきて、晴彦は途端に空腹を覚えた。

起きてすぐに火を入れていた石炭焜炉《コンロ》に手をかざすとじりじり熱が伝わってくる。

チーズを散らした丸い小さな深皿に卵を割り入れて天火に放りこむと、その間に白い布をかけた卓子に丼《どんぶり》のような器を置いて牛乳をなみなみと注《そそ》いだ。

東京でも、箱車を引いた牛乳配達が牛乳壜《びん》を配っていたが、こちらでももちろん頼めば配達してもらうことができる。

しかし街角を流している牛乳屋から買ったほうが安いので、晴彦はもっぱらそちらを利用していた。

おかげで、鉤棒《かぎぼう》に牛乳壜をぶら下げた女商人とはすっかり顔なじみだ。

続いて紙袋からパンを取り出すと、焼き立ての香ばしい匂いが辺りに広がった。

親しかった辻占のじいさんなどは「臭い」と言って牛乳さえも口にしなかったが、晴彦は口に入る物なら何でも美味《うま》く食べることができて、我ながら得な性分だと思う。

石炭焜炉の扉を開けたちょうどそのとき、木扉が開いて背の高い男が入ってきた。

晴彦もゆうに六尺を超える大男なのだが、彼も負けぬくらい上背がある。

ただし、晴彦と較べると顔色が悪く痩《や》せぎすで、その削《そ》げた頬を見ていると無性に何か美味い物を食べさせてやりたくなった。

「おはようございます、孝介さん」

「ああ」

晴彦に向かってうなずいてみせると、孝介は白シャツの袖をまくり上げて、台所の隣にある浴室で顔と手を洗い始めた。

「孝介さんは朝、早いですよね。夜遅いのに大丈夫ですか」

「俺は芸人じゃないからな」

手拭《てぬぐい》で顔をぬぐうと、孝介は卓子の古い椅子を引いて腰を下ろした。

「でも、座長さんたちにつきあってたら遅くなるでしょ」

「適当なところで切り上げるさ。あんな化け物連中につきあってられない」

晴彦ができたばかりの半熟卵を目の前に置くと、孝介は匙《さじ》を取って食べ始めた。

「この卵料理、ココットっていうらしいですよ。作り方は市場《マルシェ》のおかみさんに教わったんですけど、どうですか」

「いいんじゃないのか」

「孝介さんは好き嫌いないですよね。こっちの食べ物は大丈夫ですか」

「慣れた」

　相変わらず話しかけるのは晴彦のほうで、それに対して孝介が短く答えるだけの、会話とも言えない会話だが、これでもずいぶんましになったのだ。

　出会って最初の頃はひどいものだった。

　孝介が発する言葉といえば、「ああ」か「いや」のみ。

　これで曲芸師一座の番頭が務まるのかと思ったが、座長によれば「言うときゃ言う」のだそうで、無論そうでなければ、生き馬の目を抜く欧州興行界を生き抜いていけるはずはなかった。

　晴彦が牛乳を入れた丼に珈琲《カフェ》を注ぐと、白い器の中に柔らかな薄茶の液体が揺れるように満ちた。

「そういえば、市場で露西亜《ロシア》人の女性を見かけたんですよ」

「珍しくないさ。この国は露西亜と仲がいい」

孝介は長い指でパンを千切《ちぎ》りながら言った。

「俺もそう聞いてました。それでこっちに来る前、知り合いの辻占のじいさんがすっかり心配しちゃって」

「何をだ」

孝介が切れ長の目を上げた。

「戦争が終わったばかりで、そんな露西亜人の多い国に行ったら、逆恨みで仕返しされるんじゃないかって言うんですよ」

そう言って、晴彦は胸元から紫の布地でできた袋を引っ張り出した。

「それで、守り袋を持たされました。中に木彫の仏様が入ってます」

「大げさだな」

孝介が口元を歪《ゆが》めて笑った。

「孝介さんは子どもの頃に日本を出たんでしょ。お守りなんか、たくさん持たされたんじゃないですか」

「ないな」

あっさりと答えると、孝介はナプキンで指先をぬぐった。

「ところであんた」

「山中晴彦ですよ」

そう言うと孝介は一瞬考えこんだ。

「長いな。ハルでいいか」

「ヤマでもナカでもヒコでもいいですよ」

孝介の視界に入れてもらえるならば名前の長短など問題ではない。

「ヤマとナカとヒコって芸人はもういるんだ」

孝介が本気とも冗談ともつかぬ顔で答えた。

「それじゃ、ハルでお願いします」

「ハル、暇か」

「この辺りなら目をつぶっても歩けるようになりましたよ。いい肉や野菜が安く買える店も知ってます」

あり余る時間に任せて、近所のあちらこちらをしらみつぶしに歩いた成果である。

「それなら手伝ってほしいことがある」

「ええ、喜んで」

これでようやく肩身の狭い居候《いそうろう》暮らしから抜け出せる、と晴彦は勢いよく身を乗り出した。

「何をすればいいんですか」

「幽霊退治だ」

こともなげに言った孝介に、晴彦は目をむいた。

「巴里にも幽霊っているんですか」

「人間のいる限り、どこにだっているさ」

空になった珈琲《カフェ》入り牛乳の丼を、孝介が爪でカチンとはじいた。

中庭のマロニエはすっかり花を落としていた。

しかし目をこらせば、忘れられたように葉陰に白い花が散り残っているのが見える。

晴彦がこの街にやってきた頃、この花はまだ咲き始めたばかりだった。

春になれば桜は咲くものと、何の疑いもなくそう思っていたが、今年は桜を見ることなく船に飛び乗り、仏蘭西《フランス》の都へとやってきた。

姿形の違う白い花に、故郷の春の花の面影を重ねたのを覚えている。

巨人も出入りできそうな貸間《アパルトマン》の背の高い門を出ると、石でできた直線的な建物がどこまでも続いている。

屋根の上に玩具《おもちゃ》のような茶色の煙突が頭を出し、その上に青い空が街をくるみこむように広がっていた。

広い通りに出ると、晴彦はすぐに声をかけられた。

「よう、アル」

馬車宿を営んでいるクロードが、御者台の上で笑顔を浮かべている。

何度「『ハ』ル」だと教えても「『ア』ル」と呼ばれてしまうので、晴彦も最近では諦めてしまい、返事をするようになっていた。

だがそれはクロードひとりだけのことでなく、他の住人たちも「アル」と呼んだから、晴彦の名は呼びづらい名前なのかもしれなかった。

「これから仕事かい」

クロードが晴彦の姿に目をやりながら言った。

晴彦も孝介もフロックコートに山高帽といういでたちである。

晴彦は大ぶりな鞄《かばん》を胸の高さまで持ち上げて言った。

いった。

「番頭さんのお伴で河向こうに」

「気をつけて行きな」

そう言うなり馬に一振り鞭をくれて、ひげ面《づら》の御者は軽快な足音を響かせて去って

孝介が馬車の消えたほうをちらと見やった。

「近間の馬車屋だな。もう知り合いか」

「俺がこちらのことを何も知らないので、親切にいろいろと教えてくれるんです。この前も、面白い話を聞かせてくれて——」

聞いているのかいないのか、孝介は相槌《あいづち》ひとつ打たない。

それでも構わず晴彦は思いつくままにあれこれと話し続けた。

無口な相手に話をするのは慣れっこである。

晴彦が孝介のお伴をして向かう先はサン・ジェルマンと呼ばれる高級住宅地だと聞かされていた。

馬車か地下鉄で行ってもいいと孝介は言ってくれたが、街を見てみたいからと晴彦は断った。

「そんなに節約する必要はない。うちの座長は羽振りがいいからな」

「ええ、俺も鼻が高いんですよ」

晴彦は大きくうなずいてみせた。

「日本から来た那須一座で働いているっていうと、皆、凄《すご》いって言ってくれるんです。私も観にいった、俺なんか三回も観たって、大騒ぎになります。市場のおかみさんたちなんか、買い物をするとおまけまでしてくれて」

「俺たちが今住んでいる貸　間《アパルトマン》も、座長の贔屓《ひいき》筋が斡旋《あっせん》してくれた部屋だ。家賃も相場より安い」

「そんな立派な一座に置いてもらっているのに、俺は何の役にも立っていないのが辛《つら》いんです。だから、まずこの街について知ろうと思って」

晴彦は足元に視線を落とした。

「地理が分からないようじゃ、単純な使いもできませんからね。まず地名を覚えたいんです。そのためには歩くのが一番でしょ」

そう言って晴彦が笑うと、孝介は「そうか」と言って山高帽を軽く持ち上げてかぶり直した。

「巴里はセーヌ河を挟んで二つの地域に分かれている」

すり減った舗石の上を歩きながら孝介が話し始めた。

「孝介さん……」

「俺もそんなに詳しいわけじゃない。何年か住んだというだけだ。それに人に物を教えるのは不得手だ」

「ありがとうございます」

晴彦が腰を曲げるようにして大きく頭を下げると、すれ違った通行人が驚いて振り返った。

「頭に白い地図を思い浮かべてくれ。中央にセーヌが流れている。流れの向きは東から西」

「右から左ですね」

「そうだ。俺たちが住んでいるマレ地区はセーヌのすぐ上、つまり北側にある。座長の貸間《アパルトマン》があるモンマルトルもこちら側だ。マレよりもっと上にあるが、うちの近くの大通りに沿って行けば突き当たる」

「大歓楽街だそうですね」

晴彦は座長がひどく嬉しそうに話していたのを思い出した。

思わずにやけた顔でもしたのか、孝介が晴彦の顔を鋭く一瞥《いちべつ》した。

「モンマルトルには、うちの一座が興行を打つ小屋もある。――あんた、夜は賑《にぎ》やかなほうがいいっていうんなら、座長の貸間《アパルトマン》に移れるよう話をするが」

晴彦は顔の前で盛大に両手を振った。

「そういうんじゃありません」

「それならそれで、別に構わないがな。そら、セーヌだ」

ふいに天と地が開けた。

タンプル小公園近くにある孝介の貸間《アパルトマン》から、二十分ほど歩いたところだった。

知らず胸が大きく開いて呼吸が深くなるのは、洋の東西を問わぬ水辺の魔法でもあろうか。

――兄さん。

楽しげな声が晴彦の耳元で聞こえたような気がした。

弟と一緒に隅田川の川べりを歩いたのは、もう何年前になるだろうか。

晴彦は思わず足を止めていた。

それに気づいた孝介も立ち止まると、しばらく河風に吹かれながら、たっぷりとした流れの川面《かわも》を見つめていた。

「河の中央にあるのがシテ島だ。警察や裁判所がある」

孝介が沈黙を破るように川中島を指さした。

晴彦は慌てて指の先を追った。

「ええっと、あの大きい建物は――」

「ノートルダム。聖母の寺だ」

「立派な建物ですねえ」

晴彦は感心して言った。

「孝行息子が、お袋さんのために張り切って豪華なお屋敷を建てたというところですか」

孝介が喉の奥でくっと笑った。

「変わった感想だな」

小さな川中島をほんの五分ほどで渡ってしまうと、二人はセーヌを右手に見て川沿いを歩き始めた。

すぐ左手に広場が現れ、羽の生えた人間が角《つの》のある人間を足蹴《あしげ》にしている噴水が見えてくる。

どちらも人間ではないのかもしれないが、見た目には人の姿をしている。

晴彦はため息をついた。

「外国人がたくさんいますねえ」

「馬鹿言え。ここじゃ、俺たちが外国人だ」

「そういえばそうでした」

馬車や車で混《こ》みあう大通りを上り、二人は最初の四つ辻《つじ》で右に折れた。

「俺たちがこれから向かうサン・ジェルマンはセーヌの下、南側にある。河の流れる向きに立てば、左側に当たるから左岸とも呼ばれる」

「高級住宅街だそうですね」

「昔から貴族、日本風にいえば華族の屋敷が並んでいる。ブルジョワも多く住んでいるがな」

「ブルジョワって何ですか」

「金持のことだ」

「簡潔ですね」

晴彦が唸《うな》ると、孝介が口元を歪めた。

「ブルジョワはうちの一座のような芸人のタニマチになってくれる。今日の幽霊退治も座長の贔屓筋から持ちこまれた」

角を曲がった先にも、路地の隙間《すきま》から見える通りの先にも、石を積み上げた建物が整然と連なっていた。

晴彦に仏蘭西語を教えてくれた先生が、「日本の家は紙と木でできている」と言って驚いていたが、そう思うのも無理はない。

しかしこの厳しいほどの端正さが、晴彦には好ましく思えた。

背筋を伸ばさずにいられないような、いい加減さを許さない激しさに、どこかひりひりとした快さを感じるのだ。

「この辺りがカルチェ・ラタンだ。大学が集まっている」

孝介がぐるりを見回しながら言った。

「孝介さんは番頭というより、こういうところで勉強している学生さんって言われたほうがしっくりきますね」

そう言うと孝介が顔をしかめた。

「悪かったな」

そしてふいと顔を背けると、学生とおぼしき若者たちの間をすり抜けるようにして先に歩いていってしまった。

「待ってくださいよ、孝介さん」

晴彦は慌てて後を追いかけて、その腕を取った。

「気に障ったのなら申し訳ありません。番頭が悪いって言ったんじゃないんです。座長さんみたいに外国で、腕一本で食べていくのは凄いことだと思います。孝介さんはそれを支えてるんですから立派です」

晴彦は孝介の目をまっすぐに見てそう言った。

孝介は眉間にしわを寄せながら、晴彦の言うことを聞いていたが、やがて泳ぐように視線が揺れると、今度は困った顔をしてうつむいてしまった。

その表情がやけに幼く見える。

晴彦は、孝介が自分より年下だったことを思い出した。

「……いや、別に……」

そう言って孝介は晴彦の手を弱く振り払った。

「柄じゃないとは、よく言われるんだ。でも俺は……」

「似合ってるのと向いているのは別のことですよ。孝介さんはいい番頭さんです。座長さんもそう言ってました」

「厄介事を押しつけやすいというだけだろう。今回だってそうだ」

孝介はそう言ってふんと鼻で笑ったが、その顔はどこか和《やわ》らいで見えた。

「その厄介事について詳しく知りたいんですが……」

「ああ。そこの店に入ろう」

孝介が緑色の日除《ひよ》けのついた店を指差した。

丸い机や椅子が通りに迫《せ》り出したテラスに腰を下ろすと、孝介は背筋の伸びた給仕《ギャルソン》に飲み物を二つ頼んだ。

舗道に並んだマロニエが頭上に大きく枝葉を伸ばして、涼やかな影を作っている。

二人が座った席のすぐ側《そば》を、着飾った男女が何事か楽しそうに話しながら通り過ぎていった。

と思うと、時間にでも遅れそうなのか、フロックを着た男が古びた鞄を抱えて小走りに駆けていく。

晴彦はふと、子どもの頃、川に浮かんだまま、その流れに身を任せていたときのことを思い出した。

自分の形が崩れて、遠くどこまでも広がっていくような感覚に似て、店の内と外が晴彦の周囲で柔らかく融け合っているような、陶然とした心持ちになる。

「この店、よくいらっしゃるんですか」

晴彦が訊《たず》ねると、孝介は首を振った。

「そういうわけじゃないが、東洋人に当たりがいい。店主が日本美術の贔屓なんだ」

「なるほど」

晴彦が納得したちょうどそのとき、給仕《ギャルソン》が珈琲《カフェ》を運んできた。

「あの、約束の時間は大丈夫ですか」

晴彦は茶碗に手を伸ばしかけて、ためらった。

「大丈夫だ。あんたが歩いていくと言ったから、その分の時間と、今回の一件について説明する時間も勘定に入れて部屋を出てきた」

そう言って孝介は胸元から取り出した懐中時計のふたを、指でカチンとはじいた。

晴彦はほっとして茶碗を鼻先に運ぶと、その香りを胸一杯に吸いこんだ。

二人はしばらくの間、黙って珈琲《カフェ》を飲みながら、まわりの卓や、ひっきりなしに店を出入りする客を眺めていたが、やがて孝介が茶碗を受け皿に戻すと口を開いた。

「こんなに明るい場所で幽霊の話でもないが――」

「いえ、こういうところの方が有り難いです。丑三《うしみ》つ時の墓場でそんな話、聞きたくありませんよ」

「確かにな」

孝介がふっと笑った。

「あんた、ポルターガイストというのを知っているか」

「いえ。何語ですか」

「独逸《ドイツ》の言葉だ。騒がしい霊という意味だそうだが」

晴彦は腕を組んで考えこんだ。

「うるさい幽霊なんて想像つきませんね。すうっと現れて、じとっと睨《にら》んでいるものじゃないんですか」

「幽霊だって、口下手なのもいれば、出しゃばりの奴もいるだろうさ」

　晴彦の疑問をあっさりと流して、孝介が続けた。

「こちらに来てから知り合いになった天文学者がいる。ラトゥール先生というんだがな。怪談が大好きで、真剣に研究もしている」

「面白い方ですね」

「なら、今度紹介してやる。前に日本の怪談を教えてやったら、お礼だと言ってこちらの怪談を教えてくれた。というか、みっちりと聞かされた」

　孝介はそう言うと、二人が歩いてきた通りに目をやった。

「俺たちが曲がってきた四つ辻の左奥にソルボンヌという名の大学がある。創立は十三世紀。この一帯は巴里でも古い地域に当たる」

　今から五十年以上前のことになる。

　そのソルボンヌの近くにある一軒の空き家で怪異が起きた。

　夜になると、通りの敷石や新しい家を建てるために積み上げられていた石が、無人の家めがけて飛びこんでいくようになった。

　石の大きさからいって、人間が投げこんでいるとも思われない。

　警察から人を寄越してもらって夜通し見張りをしても、石の雨は毎晩のように続いた。

「結局、その家は取り壊したそうだ」

「原因は……」

「もちろん不明だ。次は仏蘭西の北西部にある県で起きた。一八七三年というから、日本も明治になっている」

とある別荘に住む僧侶があった。

ある夜、耳をつんざくような音がして、机や椅子だのが動き始めた。

建物が揺れ、大きな玉が階段を転がり落ちてくるような音までする。

その後、様々な音が聞こえるようになった。

今にも殺されそうな女の叫び声、角笛《つのぶえ》、めちゃくちゃに金属を叩きつける音。

家具が勝手に動き回る現象も続いた。

「それから時代が下って世紀末だ。舞台は仏蘭西中部の県にあった農家」

地下室に並べてあった大樽《おおだる》がひとりでに転がり始めた。

室内では、茶碗の中身が一滴もこぼれることなく空中を横切り、皿は手も触れずに割れ、鍋釜がのけぞるようにはじけ飛んだ。

「おまけに新聞を広げて読み出すと、どこからともなく生血がしたたり落ちてきたらしい」

「幽霊にも血が流れているんですか」

「死んだばかりで活きがよかったんじゃないのか」

　魚じゃあるまいしと思ったが、立て板に水と聞かされた怪談話に晴彦はすっかり感心してしまった。

「こっちの幽霊は目立ちたがりですねえ」

「日本にも似たような話がある。安政の頃だが、麻布にあったとある藩の上屋敷で起きた怪異だ」

　日が暮れると、どこからともなく波の押し寄せるような音が聞こえ、広い屋敷が激しく揺れ出す。

　しばらくしてその家鳴は収まったが、今度は座敷と言わず庭と言わず石が降るようになったという。

「孝介さんはそういった話を信じているんですか」

「世の中は広い」

そう答えたきり、孝介は手のひらの中で空の茶碗を転がしながらしばらく黙っていたが、やがて呟《つぶや》くように言った。

「だが——俺にとっては、それが本当かどうかなんてどうでもいいんだ」

晴彦がその言葉の意味をはかりかねているうちに、孝介が話を続けた。

「座長の贔屓筋から幽霊退治の話が持ちこまれたというところまでは話したな」

晴彦はうなずいたが、そのまま首をかしげた。

「でもどうして曲芸師にそんな話が？」

途端に孝介が嫌な顔をした。

「うちの座長の芸は一流だが、口のほうも一流なんだ。あの人の口から出まかせは芸術的といっていい」

「ははあ」

「確かに他所の国でやっていくためには、はったりも必要だ。だが、日本皇帝の専属曲芸師だの、亜米利加《アメリカ》興行界を席巻してきた人気絶頂の一座だの吹かれてはな」

思わず晴彦が噴き出すと、孝介は余計に顔をしかめた。

「笑いごとじゃない。その尻拭いは全部こっちに来るんだ。辻褄《つじつま》を合わせたり、弁解したり」

　晴彦は慌てて口元を押さえたが、怒りつつもうっすらと顔を赤くしている孝介の様子が何とも可笑《おか》しい。

「それじゃ、座長は幽霊退治ができるとおっしゃったんですね」

「阿呆らしくて正確に覚えてはいないが、そんなところだ。那須一座には、日本の貴族に重用されてきた霊能力者の家系の者がいるだの、今でも公演の内容については先祖の霊にお伺いを立てて決めているから常に大入りだの」

「あることないこと――」

「ないことないことだ」

　孝介の几帳面な性格は一緒に暮らし始めてすぐに分かった。

　机の上に置かれた書類がわずかにずれていただけでも気になるらしく、落ち着かない素振りを見せるほどなのだ。

　そんな孝介が、座長の大法螺《おおぼら》に青ざめている様子が容易に目に浮かんでしまう。

　しかし孝介には申し訳ないが、座長の無軌道ぶりに思わずつられて、晴彦まで楽しくなってくる。

「でもそれで分かりました」

晴彦がかたわらの鞄を軽く叩いた。

「座長さんのところから、これを借りてこいとおっしゃった理由が」

「あんたはそれを着て黙っていてくれればいい。いきなりこんな真似をしろと言われても緊張するだろうが――」

「いえ」

晴彦は笑って首を振った。

「任せてください。俺、上がったことがないので」

いつしか街のざわめきは背後に消え、通りには二人の靴音だけが響いていた。人影は絶えてない。

似たような構えの大きな建物が並ぶ一画に、目指すデュボア家の屋敷はあった。三階建てで、中に多くの部屋があることを示すように、屋根の上にいくつもの煙突が立っている。

孝介は石段を上ると扉の叩き金を鳴らした。

やがて閂《かんぬき》のごとごとという音が聞こえたかと思うと、重そうな扉が静かに開いて、中から青い胴衣を着た男が現れた。

薄い色の目が、二人を探るように見ていたが、孝介が用向きを伝えると広間の中に招じ入れた。

「デュボアさんは」

「応接室にいらっしゃいます」

晴彦と孝介は、青い胴衣の男に続いて正面の広い階段を上った。

薄暗い長い廊下の突き当たりで三人は立ち止まった。

「お約束の方がお見えになりました」

青い胴衣の男が声をかけると中から短く応じる声が聞こえた。

扉が開かれて、晴彦は孝介に続いて足を踏み入れた。

途端、晴彦は目を細めた。

天井の高い部屋だった。

少しずつ明るさに慣れた目に、背の高い窓と大きな暖炉、そして中央に卓子と椅子が並んでいるのが見える。

「お待ちしていました。グレン・デュボアです」

そう言って背広姿の男が椅子から立ち上がった。

褐色の髪をした胴まわり太い男で、年格好は晴彦や孝介の父親くらいと見える。

孝介が挨拶した。

「はじめまして、ムッシュウ・デュボア。私は那須一座の番頭で、片桐孝介と申します。こちらは一座の人間で山中晴彦」

デュボアの茶色の目が晴彦を見た。

「ベルナール夫人からご紹介いただきました」

デュボアがうなずきながら言った。

「ベルナール家とは家族ぐるみのつきあいで、妻が亡くなってからというもの、夫人は息子ジュリアンの母親代わりといっていいほどなのです。私は彼女の言には強い信頼を寄せてきました」

「私ども一座もひとかたならぬご恩を享《う》けております。芸術に対して深い造詣をお持ちでいらっしゃるベルナール夫人の好意ある評価が、当地における我が一座の公演でどれほど力になったことでしょう」

孝介がすらすらと答えた。

座長が孝介のことを「言うときゃ言う」と話していたが、なるほど、いつもの無口が嘘のようにお世辞が流れ出てくる。

普段は話していても晴彦と目さえ合わせぬくらいだが、今の孝介は板に上がった役者さながらで、押し出しのいいデュボアと較べても引けを取らない。

まさに孝介は巴里という舞台で那須一座の番頭を演じているのだ。

「君の言う通り、彼女は思いやり深い女性です。その夫人が、この度の私の苦境を聞き及んで、貴方《あなた》がたに相談してはと――」

そこまで言ってデュボアは言葉を切った。

その先を話そうか話すまいか迷っているらしかった。

ちょうどそのとき、黒いお仕着せを着た女中がお茶を持って入ってきた。

「ああ。ありがとう、マリー」

生真面目《きまじめ》そうな表情をした若い女は、静かに部屋を出ていった。

扉が閉まるのを待って、早速、孝介が切り出した。

「何やら奇妙な現象が起きたとか」

「私としては、信じがたい出来事なのですが――」

　二人に長椅子を勧め、卓子を挟んでひとり掛けの椅子に腰を下ろすと、デュボアは組んだ両手の指をしきりに動かしながら話し始めた。

「いえ、まったく信じられないのです。これまでずっと、真っ当にやってきた私のような人間には理解しがたいことです。いや本当のところ今でも――」

「息子さんの部屋に霊が現れたとうかがいました」

　前置きの長さに苛立《いらだ》ったのか、孝介が単刀直入に言うと、デュボアの肩がはねるように揺れた。

「……そう考える人もいるようで……。特にベルナール夫人などは……」

　デュボアは額に手を当てたまま、抗うように首を振った。

「私は決して、そんなものを信じてはいないのです。だが、合理的な説明ができません。必ずからくりがあるに違いないのに、それが分からないのです。何より、あれが――」

　デュボアが心配そうな目を階上に向けた。

「ジュリアンがすっかり弱っているのです。医者に見せても、どこも悪くないというばかりで。本人も『少し疲れただけ』と言うのですが、私には日に日に弱くなっていくように見えてならないのです。デュボア家の大切な、たったひとりの跡取り息子だというのに」

「警察には」

「ノン」

孝介が訊ねると、デュボアは言下に否定した。

「これは犯罪などではありません。それに、警察に連絡すれば新聞記者も呼びこむことになってしまう」

「犯罪ではない。――そう、犯罪ではないのでしょう」

孝介が自分に言い聞かせるようにつぶやいた。

「ベルナール夫人のお話では、何か良くない霊がジュリアンさんに憑《つ》いているのではないかと――」

「まさか――そんな――」

孝介の言葉にデュボアは膝の上で両の拳《こぶし》を握り締めると、小さく首を振った。

「貴方がたは、どうお考えですか」

デュボアが恐る恐るといったように顔を上げて、孝介に訊ねた。

「軽々には申し上げられませんが、差し支えなければ、お屋敷の中を拝見させていただけないでしょうか。それから、息子さんやこちらで働いていらっしゃる方々から、お話を聞くこともできれば有り難いのですが」

「それは——」

わずかにためらったデュボアが言い終わるの待たずに孝介が続けた。

「私どものような他所者が中を見て回るのはさぞ不愉快かと思いますが——」

「いや、いや」

デュボアが立ち上がって言った。

「ベルナール夫人はいつも貴方がたを『素晴らしい人たち』と言っていた。私もそれを信じましょう」

孝介は一礼するとデュボアの後に続いた。

晴彦ももちろん後を追う。

「アンリ」

部屋を出ると、デュボアが外で控えていたらしい青い胴衣の男に声をかけた。

これから屋敷の中を回るとか、後で皆に話を聞くから伝えておけとか、あれこれと指図をしている。

「今さらだが」

少し離れた場所で足を止めた孝介が、ささやくように言った。

「身内同然の女性にしか相談できないようなことを、金も地位もある人間が、見ず知らずの東洋人に話して助力を乞うとはな」

「それだけ座長の名声が高いということでしょう」

晴彦も孝介と同じように、ほとんど唇を動かさずに答えた。

「芸能者というのは、まったく特殊な存在だな。生まれや育ちがどうあれ、成功さえすればどんな世界にでも入っていける」

「実力世界ですね」

そう言うと、孝介がわずかにあごを引いた。

ちょうどそのとき、デュボアが振り返って「こちらへどうぞ」と言った。

「まず、息子の部屋からご案内いたします」

その背中に続いて階段を上り、すぐ上の階の廊下を右手に曲がった所で、デュボアが立ち止まった。

「こちらです」

部屋の中は落ち着いた青色で統一されていた。

正面の大きな窓の外からは屋敷の裏手が見え、手入れの良い庭が広がっている。

窓のそばに華やかな生地の長椅子が置かれていて、壁紙の色合いといい調度品の丸みを帯びた意匠といい、女っぽいなと晴彦は思った。

部屋の左手に扉がついていた。

歩み寄ったデュボアがその前で声をかけた。

「ジュリアン、入るよ」

中は薄暗い寝室だった。

窓はない。

中央に置かれた寝台と足元の大きな暖炉の他に、脇机と硝子扉の大きな書棚、水差しと洋杯の置かれた卓子が置いてあった。

「具合はどうだね」

デュボアが優しく声をかけた。

脇机に置かれた洋灯《ランプ》が、寝台の青年を淡く照らしている。

晴彦たちとそう年は変わらないだろう。

女性のようにほっそりとした顔立ちをしており、押し出しのいい父親と違って物静かな印象を受ける。

「良くなりましたよ、父さん」

「無理をしてはいけないよ」

「あの、そちらの方たちは――」

ジュリアンが寝室の入り口に立っていた晴彦と孝介をうかがうように見た。

「昨夜、話したろう？　ベルナール夫人の紹介で来ていただいた。日本の曲芸師一座の方々だ」

「ああ、おば様の」

「今回の一件で、お力を貸していただこうと思ってね」

目顔でデュボアに許可を取ると、孝介は寝台に近づき、身体を起こしているジュリアンに挨拶をした。

「このような姿で申し訳ありません」

ジュリアンが申し訳なさそうに言った。

「こちらこそ、具合のお悪いところにお邪魔してしまって」

謝った孝介に「とんでもありません」とジュリアンは首を振って、その口元に控えめな笑みを浮かべた。

「僕も仕事で、日本の方とお会いする機会があります。シャンゼリゼに事務所を構えておられるアサクラ商会はご存知ですか」

「はい。日本でも指折りの会社ですから」

「アサクラ商会のムッシュウ・タカセも、貴方がたも仏蘭西語が大層上手でいらっしゃいますね」

如才なく持ち上げるが、その言い方には卑屈さも嫌味も感じられず、まさにおんば日傘の御曹司といったところだ。

早速ですが、と孝介が切り出した。

「思い出されるのは不愉快かもしれませんが、ジュリアンさんが経験なさったことをお話しいただきたいのです」

ジュリアンの顔が困ったようにうつむいた。

「お話しすることはできますが、――お役に立つかどうか」

「私どもは少しでもデュボアさんのお手伝いができればと願っています」

ジュリアンはなおもためらうようだったが、父親が力強くうなずくのに背中を押されたのか、小さな声で話し始めた。

「あれは一ケ月ほどまえのことです」

街角にすずらん売りのあふれる季節だった。

父の銀行からまっすぐに帰邸したジュリアンが床についたのは十一時頃だった。

「物音が聞こえて目が覚めました」

バラバラと何か固い物を叩きつけたような音だった。

最初は雨かと思ったが、寝室に窓はない。

脇机の洋灯をつけ、時計を見ると午前二時を指していた。

はて夢だったろうか、と洋灯を消したジュリアンの耳元でそれが聞こえた。

「寝台の左の壁に――」

そう言ってジュリアンが、晴彦たちの立っているほうと反対側を見やった。

「何かが叩きつけられる音がしました」

誰かいる、とジュリアンは思った。

寝室に入るには、隣の部屋の扉ひとつきりしかなく、寝る前は必ず閂をかけていたから、誰かが入ってくるはずはなかった。

だが、それ以外に考えられない。

ジュリアンは反射的に飛び起きると寝台の下に身を隠した。

その直後に、先ほどと同じようなバラバラという音が聞こえ、書棚の扉であろう、パリンと硝子の割れる音が響いた。

何が起きているのか――。

物盗《ものと》りなのか、危害を加えようとしているのか。

暗闇の中で、ジュリアンはじっとして動かなかった。

再びあのバラバラという音が聞こえるのではないかと耳を澄ませていたが、部屋の中はひっそりとして、耳につくのは己の息をする音だけである。

それでも何者かが潜んでいるような気がしてジュリアンは身を固くしていたが、狭い場所に身体を押しこんでいるせいで、あちらこちらが痛み始めた。

そしてその痛み以上に、今、何が起きているのか気になった。

あれこれ想像していると余計に恐ろしく、悪いほうへと考えが向かってしまう。

とうとう、じっとしているのが辛くなって、ジュリアンはそろそろと寝台の下から這《は》い出した。

何かが飛びかかってくるかと思ったが、そんな気配はない。

それに力を得て、ジュリアンは扉に向かって突進すると、閂を外して隣の部屋へと転がりこんだ。

それでも追ってくる者はない。

このまま部屋を飛び出して、誰かを呼ぼうかと思ったが、辺りのあまりの静けさに、ジュリアンは再び夢を見たのではないかと思い始めた。

もしそうならとんだ笑い者だし、父親にも余計な心配をかけてしまう。

ジュリアンは意を決して寝室に近づくと、扉を細く開けて壁を探り、灯《あか》りをつけた。

慌てて手を引っこめたが、中で何かが起きた様子はなかった。

やはり夢か――己の慌てぶりに苦笑いして、扉を開けたジュリアンはその場で立ち尽くした。

辺り一面に石が散らばっていた。

はっとして両手を顔の高さに持ち上げると、手のひらが傷ついて血がにじんでいる。それまでは緊張して抑えつけられていたのだろう、石を踏んだ足の裏も、今さらながら鈍く痛み始めた。

そこまで語り終えると、ジュリアンは寝台の背もたれに身体を預けて目を閉じた。息子の疲れた様子を見て、今度はデュボアが話を引き継いだ。

「ジュリアンから話を聞いて、この部屋に駆けつけたときは午前四時を回っていました。女中なぞはもう起き出している時間でしたから、何があったのかと不安そうにしているのを、アンリが何でもないと言って追い返していました」

デュボアも寝室を目にして言葉を失った。

絨毯《じゅうたん》の上に石が転がっている。

それもひとつや二つではなく、まるで川べりのようにいくつも転がっているのだ。

「最初は誰かが侵入して石をばら撒《ま》いたのだと思いましたが、扉には閂がかけられていましたし、寝室に窓はありません」

「こちらの暖炉はずいぶん大きな物ですが――」

孝介が寝台の足元にある暖炉に目をやった。

人間のひとりや二人くらいなら簡単にくべることができそうな代物《しろもの》である。

「煙突の太さも相当なものでしょう。屋根から煙突を伝って出入りできるのでは？」

「いえ、ご覧の通り口の部分に鉄格子の扉を嵌《は》めてあるのです。他の部屋の暖炉も同じです」

「鍵はどちらに？」

「門番が管理しております。しかし、妻が死んでからこの暖炉は使っていないのです」

「妻？」

聞き咎《とが》めた孝介に、デュボアがうつむいて言った。

「この部屋は死んだ妻の部屋でした。身体が弱くて、寝たり起きたりを繰り返していたので、私とは部屋を別にしていたのです。優しい女で――私たちに何もしてやれないといつもすまながっていました。妻がいなくなってからも、部屋は生前のままにしてあったのです」

だから女部屋のような印象を受けたのか、と晴彦は納得した。

デュボアがジュリアンの顔に目をやりながら続けた。

「去年の今頃だったでしょうか。ジュリアンがこの部屋を使いたいと言ってきたのです。それまでは実用的なほうがいいと、飾りけのない小さな部屋を使っていたのですが、母親の好んだ意匠に興味が出てきたからと――やはり母子に等しく流れる血のせいでしょうか。あれとジュリアンは顔立ちもそっくりなのですよ」

「僕が娘でなくて残念でしたね、父さん」

「何を言うのだ。お前は我がデュボア家の大切な跡取りなのだから。それにお前が婦人室に興味を持ったのは、ヴェルヌさんのご令嬢のこともあるのではないかね。結婚するとなれば、彼女に相応《ふさわ》しい部屋が必要になる」

「気が早いですよ」

ジュリアンが目を伏せて笑った。

ともかく、とデュボアが続けた。

「石のことは気味悪く思いましたが、何か盗まれたわけではありません。アンリとも相談して、様子を見ようということになりました」

ジュリアンは同じ階にある、元々使っていた自分の部屋に戻ったが、一週間ほど経《た》っても何も起きないので、もう大丈夫だろう、と再び母親の部屋を使うようになった。

「するとまた石が降ったのです」

デュボアがため息をついた。

その翌日、従僕のアンリが隣室で寝ずの番をすることになった。

そしてバラバラという音とともに寝室に飛びこんだが、寝台の上で頭を抱えている
ジュリアン以外に何者の姿も見出《みいだ》せなかった。

再度、ジュリアンは自分の部屋に戻ることになった。

「しかし今度は、そちらでも石が降ったのです」

ジュリアンが小さな声で言った。

ジュリアンの部屋の寝室も窓がなく、暖炉はごく小さな物だった。

「バラバラという音がして、慌てて寝台から飛び降りました。足元に丸い石がいくつも転がっていて、僕は足を滑らせて――」

ジュリアンが頭を抱えた。

「石は僕のいる場所に降ってくるのです。僕めがけて」

「ジュリアン」

デュボアが励ますようにうなだれた息子の肩に手を置いたが、かけるべき言葉が見

つからないようだった。

騒ぎをこれ以上大きくしたくないと言って、ジュリアンは母親の部屋で寝起きするようになった。

どこにいても石が降るなら同じことだからだ。

石は毎日ではないが、その後も降り続けた。

ほとほと困り果てたデュボアに、ベルナール夫人に相談してはと言ったのはアンリだった。

夫人は話を聞くなり「それはポルターガイストでしょう」と断言し、那須一座に相談するよう勧めたのだった。

「その降ってきた石は捨ててしまいましたか」

孝介が訊ねると、デュボアが首を横に振った。

「最初は気味が悪くて捨てていましたが、何か解決の糸口にでもなればと、いくつか残してあります。――アンリ」

デュボアが寝室の外に立っていた従僕に声をかけると、アンリは音もなく消え、やがてくすんだ色の紙箱を持って現れた。

晴彦が受け取り、ふたを開いた。

どんな禍々《まがまが》しい石が現れるかと一瞬緊張したが、中に入っていたのは何の変哲もない普通の石だった。

大きな塊《かたまり》を砕いたような尖《とが》った石やすべすべした丸い石が交じっている。

孝介が箱の中をのぞきこんで、しばらくじっと見つめていた。

「この中の石が、それぞれいつどこに降ったか覚えていらっしゃいますか」

孝介が訊ねると、デュボア父子が顔を見合わせた。

「そこまでは……」

「僕も覚えていません」

「そうですか。——この石はお借りしても？」

「ええ、どうぞ」

気味が悪そうにデュボアが肩をすくめた。

手のひらで石を転がしながらじっと考えこむ孝介を、不安そうな目をしたデュボア父子が見つめている。

孝介が二人に向き直った。

若いが、厳しい交渉事を重ねてきただけあって、その話しぶりには人を信じさせる力がある。

「こういった現象を起こす原因というものは、おいそれとその姿を現さないものです」

「やはり、ジュリアンに何か良くないものが――」

「いいえ、それはまだ分かりません。相手の正体を見極めないと、私どもも適切な手を打てないのです。もう少し他の方々にもお話を聞かせていただきたいと思います」

その間、と孝介が晴彦を振り返った。

晴彦は鹿爪らしい顔つきを何とか工面した。

「この男の家は代々、類稀《たぐいまれ》な霊能者を輩出してきました。彼もまた優れた力を持っています。せめてこの部屋を清めさせていただければと思うのですが――」

「ジュリアンに負担がかかるようでは困ります」

デュボアが不安そうに言った。

「私どもの言葉で祈るだけですので。部屋の隅を貸していただければ結構です」

「そうですか」

藁《わら》にもすがる思いなのか、父親はほっとした様子を見せたが、当事者の息子の顔にはかすかな疑わしさが浮かんだ。

当然だろうな、と晴彦は思った。

何しろ本当に嘘八百なのだから。

「私どもはこの世ならぬものたちも相手にしていますが――」

ジュリアンの様子を見てとった孝介が言った。

「最終的には、今、ここに生きている人の憂いを晴らそうとしているのです。手段はどうあれ、原因が何であれ」

孝介にまっすぐに見つめられて、ジュリアンが目を伏せた。

「それではデュボアさん、彼が着替える場所を貸していただきたいのですが」

霊能者が相応の力を発揮するためには、それなりの衣装が必要なのだと事前に伝えていたそうだが、その姿で来られては困ると言われたらしい。

確かに今回の一件についてひた隠しにしているデュボア家からすれば、目を引く異国の装いは迷惑でしかない。

孝介が用意させたのは着物に袈裟《けさ》という仏教僧の衣装なのだ。

「マリーに案内させましょう。彼女なら大丈夫です。浮ついたところのない女で、無駄口もききません。息子もよく誉《ほ》めています」

デュボアと連れだって部屋の外に出ると、先ほどお茶を運んできた女中が待っていた。

孝介はマリーに目をやり、それから晴彦を見た。

「よろしく頼むぞ、ハル」

「お任せください」

二人はうなずき交わして、晴彦はマリーの後に、孝介はデュボアの後にそれぞれついていった。


「首尾はどうだ」

デュボア邸を辞した二人は、しばらくの間無言で歩いていたが、角を曲がったあたりで孝介が話しかけてきた。

無論、晴彦はフロックに着替えている。

「大丈夫です。知ってる限りのお経を唱えました」

「芸が細かいな。御曹司の様子は」

「何も。礼儀正しい方ですね。胡散《うさん》臭いだろうに、じっと聞いてましたよ」

孝介の口元が皮肉そうに歪んだ。

「ムッシュウ・デュボアの息子自慢は凄かったぞ。暇があればジュリアンは、とくる」

「息子さんもお父さんのことを大事に思っているようでしたね」

「父親に逆らったことがないらしいな。毎日、馬車で銀行と自宅の往復をしていて、休日も父親の選んだ人間とだけお茶を飲むそうだ」

晴彦は目を丸くした。

「御曹司というより御令嬢ですね」

「おかげで夫人連には人気があるらしい。何でも言うことをきく綺麗なお人形というところか」

そう言って孝介は暮れかけた空を見上げた。

時計は夕刻を指しているが、この季節はいつまでも黄昏《たそがれ》時が続くのだ。

誰もが帰って大人《おとな》しく眠るには惜しいと思うのか、大通りは日中よりもさらに多くの人で溢《あふ》れている。

　昼の頸木《くびき》から逃れた人々が笑いながらすれ違っていく様を見ているだけで、晴彦の心は浮き立った。

「夕飯にするか、ハル」

「いえ、俺が作ります。歩いて部屋まで戻りましょう。その間、孝介さんが聞いた話を教えてください」

　孝介は少し考えていたようだったが、「分かった」と言って話し始めた。

　デュボアは大勢の使用人たちに、ポルターガイストについて話していなかった。

「ああいった者たちは口さがないので」とデュボアは言い、知っているのは長年、彼に仕えているアンリだけで、石の始末もこの忠実な従僕がひとりでやっているという。

　そのため、孝介のことは日本から来たデュボアの仕事相手ということにし、屋敷を案内して回っているのだと取り繕った。

　おかげで孝介の質問も、外国から来て仏蘭西の暮らしについて知りたがっている日本人という風を装わねばならなかった。

「何か役に立ちそうなことが聞けましたか」

「御者と門番からな」

デュボア家の御者は身体のがっしりとした男で、腕っぷしの強さをしきりに自慢していた。

「ジュリアン様に近づく奴らは、この俺が追い払ってやりますよ」

そう言って御者は呵々大笑した。

聞けば二ケ月ほど前、横転した馬のせいで通りが渋滞した際、御者が様子を見るため馬車を離れたわずかの隙に、汚らしい身なりの男が金品をねだるかのようにジュリアンに話しかけていたという。

気づいた御者が、すぐに男を追い払ったものの、ジュリアンはしばらくの間、青ざめていたらしい。

それを聞いたデュボアは、それまでジュリアンの馬車で使っていた老人の御者を、目の前にいる若者と変えた。

これまでジュリアンは、帰りに贔屓の店に立ち寄ってくることもあったそうだが、今ではデュボアの厳命を受けてまっすぐに屋敷へ戻ってきているという。

「ちょっと心配しすぎのような気もしますが……」

晴彦は首をひねったが、孝介はそんなものだと言った。

「あれだけの身代を築くまでに、どれだけ恨みを買っているか分からないからな。身に覚えもあるんだろうし、実際、ブルジョアの子息が狙われた事件も起きている」

「お金持ちも大変ですね。俺なんか気楽なものですけど」

「俺だって同じだ」

次は門番、と孝介が続けた。

門番は夫婦者で、玄関を入ってすぐの広間の脇にある部屋で寝起きしていた。

どちらも大柄で、大人しそうな顔つきが兄妹のようによく似ている夫婦だった。

孝介が質問すると、夫が自信なさげに答え、「そうだったね、お前」と妻に念を押し、妻も不安そうにうなずく。

家中の鍵は門番の部屋で管理しており、その中にはもちろん暖炉の鍵も含まれていた。

毎夜、すべての鍵を確認して金庫に収めているとのことで、念のため鍵がなくなったことはないかと訊ねてみたが、滅相もないと夫婦揃って首を振られてしまった。

孝介は実際に鍵束を見せてもらったが、一本一本に何の鍵であるかが刻まれており、その中にはもちろん、ジュリアンの部屋の暖炉の鍵もあった。

冬季以外は使うこともないが、何かしらうっかり落としてしまい、それが鉄格子の扉をすり抜けて暖炉の中に入ってしまうことはままあるらしく、去年の春の煙突掃除の際に、ジュリアンが亡くなった母親の寝室にある暖炉の鍵を借りにきたという。

「何でまた」

「父親からもらった万年筆を落としたらしくてな。ジュリアンはそれは大切にしてくれているのです、とデュボア氏が言っていた」

「そもそもおふくろさんの部屋で何してたんですか」

「古い本を探していたんだそうだ。そら、大きな書棚があったろう？　ジュリアンは大変な勉強家なのです、とデュボア氏が言っていた」

孝介の一本調子なしゃべり方に晴彦は思わず噴き出した。

「それと庭も見せてもらった」

「孝介さんは庭いじりが好きなんですか」

「馬鹿言え。庭の一画が、外で飯が食えるように作ってあったんだ。丸石の上に卓子と椅子を並べてな。何でも、亡くなった夫人の趣味だったらしいが」

「今の季節ならいいでしょうねえ」

「ところで、マリーって女中はどうなった」

　ふいに孝介が話を変えた。

「今度の休日に、一緒に珈琲《カフェ》を飲むことになりましたよ」

　孝介が軽く目を見開いて晴彦の顔を見た。

「やるな、あんた」

「彼女を誘えって指示したのは孝介さんでしょ」

「いちいち説明しなくても分かってくれるのは有り難い」

　ジュリアンの部屋の前で別れたときの、孝介の目の動きからそう判断したのだが、晴彦の推測はどうやら正しかったらしい。

「確かめたいことがあるんだ。籠《かご》の鳥の御曹司が、何か使いを頼むとしたら彼女だろうからな。助かった」

「恐れ入ります」

「どんな手を使った？　ずいぶん堅そうな女性だったが」

「どうって――日本のよく当たる占いをしてあげるって言ったんですよ。占いに興味のない女性はいませんし、誰でも占ってもらいたいことのひとつや二つはありますから」

「いいぞ」

　孝介が満足そうにうなずいた。

「でも、彼女が俺の言うことを信じてくれたのは、俺が那須一座の人間だからですよ。貴方も曲芸をするのかとしきりに聞かれましたから。俺の力じゃありません」

「利用できるものは利用すればいい」

「今回の件、孝介さんは霊の仕業《しわざ》だと考えてはいないんですね」

「必要ならそういうことにしておくが、うまくけりをつけるためには本当のところを知らないとな」

「どうやって石が降ったか、分かったんですか」

　孝介は答えない。

　長い長い夕暮れの中で、孝介の白い横顔は輪郭を失い、幽冥界に消えていきそうで、晴彦は思わず手を伸ばしそうになった。

　すぐ隣を歩いていても、孝介はずいぶん遠くにいるように思えた。

すり減った敷石の上を何町も歩いて、ようやく孝介が口を開いた。

「何でも幽霊のせいにできれば楽だろうさ。前世の因縁だとか、運命だとか、人間の力の及ばぬことだと、現実に目を閉じれば何も考えずにすむ。できるならそうしていたいが――」

孝介がため息をついた。

「座長に何とかしてくれと頼まれたからな」

マリーを誘うといっても、晴彦が知っている店は孝介に連れられて入ったひとつきりである。

彼女に大体の場所と店の特徴を告げると、屋敷から近いせいかすぐに分かったようで、晴彦は内心ほっとしたものだ。

数日後、約束の時間に晴彦と孝介が店で待っていると、紺色のワンピースにつばの広い帽子をかぶったマリーが現れた。

占いをするといった晴彦の隣に孝介がいるのを見て少し怪訝《けげん》そうな顔をしていたが、孝介が那須一座の招待券を差し出すと顔がほころんだ。

「私も一度観てみたいと思っていたんです。でもなかなか券が取れなくて」

「特別席です。大切な方とお越しください」

「あら」

「デュボアさんもジュリアンさんも、貴女《あなた》のことを大層素晴らしい女性だとおっしゃっていました。あのお屋敷になくてはならない方なのでしょうね」

「そんなこと――」

「この晴彦が言うには、貴女は滅多にない吉相をお持ちなのだとか。是非あやかりたいと思って、図々《ずうずう》しくもこうしてついてきてしまったのです」

普段の無口が嘘のように、孝介が口元に笑みすら浮かべてマリーを誉める。

もちろん援護射撃で、晴彦はあることを聞き出すように指示されていた。

晴彦は辻占のじいさんのやり方を思い出しながら、それらしく手相を見たり、偽物の翡翠《ひすい》の珠《たま》に手をかざしてみたりした。

やはりマリーも若い女性らしく、恋人との仲を占ってもらいたがった。

恋人の名はアルマンといい、優しくて男前だがいささか頼りないので、このままつきあい続けてもいいか迷っているという。

ひとしきり適当なことを話した後で、晴彦は翡翠に手を置いたまま切り出した。

「マリーさんは鍵屋と何か関係がありませんか」

「まあ、どうしてお分かりになりましたの？　アルマンは鍵屋の二階に住んでいるんです」

まぐれ当たりもいいところだが、晴彦は「私には分かっているのです」という顔でそのまま続けた。

「それは幸運の印です。鍵屋がお二人を幸福へと誘う導き手なのです。なるべく足を運ばれるとよろしいですね。そうは言っても、ひとりでいくつも作るようなものではありませんから――お屋敷では鍵を作ったりなどされませんか」

そう言うとマリーは少しがっかりしたような顔をした。

「鍵は門番が管理していますから」

「マリーさんはデュボアさんやジュリアンさんのご信頼が厚くていらっしゃる。何か大切な鍵の合鍵を作りたいとなれば、門番のお二人ではなくマリーさんに頼むのではありませんか」

「ええ、それは――」

マリーがためらうように目を伏せた。

畳みかけて質問しようとした晴彦を遮って、孝介が口を開いた。

「お母上の寝室の暖炉の鍵ですね」

「あら、ご存知でしたの？」

驚いて顔を上げたマリーに、孝介が笑顔でうなずく。

「先日、ジュリアンさんに見せていただきましたよ。何でもお母様との大切な思い出のある暖炉だそうで、お守り代わりに鍵を持ちたくなったとか」

ほっとした顔つきでマリーが続ける。

「まあ、そんな理由でしたの。大急ぎで内密になどとおっしゃるものですから……。暖炉の鍵なんてどうなさるのかしらと思ったんですけど、ジュリアン様は照れていらっしゃったのですね。ご結婚を控えていらっしゃいますから、何かとお母様のことを思い出されても不思議ではありませんのに」

「それはいつ頃でしたか？　きっとご結婚を意識された頃なんでしょうね」

「去年の春です。煙突掃除の日でしたわ」

「ジュリアンさんはお屋敷にいらっしゃったんですか」

「ええ、少し具合がお悪くて――。咳が出た、お熱があるといっては、デュボア様が大変心配なさるものですから」

「これからは奥様がいらっしゃるようになりますから、デュボアさんも安心ですね。ヴェルヌさんのお嬢さんは大変お美しい方だとか」

「そうなんです。私どもにもそれはお優しくて――」

そのまま、孝介とマリーの間で和やかな世間話がひとしきり続いた。

マリーはしきりに笑い声を上げ、「ムッシュウ・カタギリはパリジャンより話上手」と感心していたが、いつもの無愛想な態度を知っている晴彦からすれば、この変わりようは天晴《あっぱれ》見事と言う他ない。

満足そうな笑顔を残して、デュボア家の女中は足取りも軽く帰っていった。

マリーの姿が雑踏に消えたのを見て、晴彦は思わず深い息を吐いた。

「申し訳ありませんでした」

「いや。あんたの話の持っていき方は悪くなかった」

孝介の口調に皮肉なところはなく、晴彦はほっとした。

「あの、孝介さん」

「何だ」

「どうしてジュリアンさんが、マリーさんに頼んで暖炉の合鍵を作ったって分かったんですか」

「ポルターガイストが霊の仕業でないとすれば、誰かが侵入して石をばら撒いたということになる」

　孝介が言った。

「侵入経路は二つ。寝室の扉と暖炉だ。従僕のアンリが、隣の応接室で寝ずの番に立ったときも石は降ったから、残りは暖炉。つまり何者かが出入りするためには、暖炉の扉を開ける合鍵が存在しなければならない」

　晴彦がうなずくのを見て孝介が続けた。

「次は誰が合鍵を作る機会を持っていたかだ」

「門番夫婦はどうですか」

「あの二人は外していい。鍵が必要なら、いつでも屋敷中の鍵を使うことができるからな。わざわざ合鍵を作る必要がない」

「そういえば、万年筆が暖炉の中に転がりこんだって言ってましたっけ……」

誰もそれを不思議には思わなかった。

しかし、合鍵を作る機会があったかという視点から考えると、そのもっともらしい理由も疑わしく思えてくる。

そして孝介の推理通り、ジュリアンは信頼する女中に託して合鍵を作っていた。

「そして一番肝心なのは、何故《なぜ》、合鍵を作ったかだが――」

晴彦は思わず身を乗り出した。

「何らかの理由で、御曹司は暖炉の扉の鍵が必要だった」

孝介が手元に視線を落として、確認するようにゆっくりと言った。

「鍵が必要ということは、自由に開け閉めしたいということだろう。必要なら門番のところへ借りに行けばいいが、頻繁だとデュボア氏の耳に入る。一度開けたきりそのままにしておく手もあるが、そもそもあの鉄の扉は泥棒よけだからな。さすがに開け放しにはしたくなかったはずだ」

ふいに孝介が視線を上げて晴彦を見た。

「母親の寝室で最初のポルターガイストが起きた後、御曹司は元々使っていた自分の部屋に戻ったろう？」

「ええ」

「そこで起きたポルターガイストは自作自演だ」

そう言って孝介が爪の先で茶碗をはじいた。

「自作自演って——自分で石を撒いたってことですか」

「ああ」

「でもそんな」

混乱した晴彦の問いには答えず孝介が続ける。

「御曹司の元の寝室には窓がない。暖炉はごく小さいというから、人間が通る余地はない」

寝室の扉に閂をかけてしまえば、母親の寝室以上に完全な密室となる。

「降ってきた石が二種類あったのを覚えているか？」

「はい。尖った石と丸い石でした」

「尖った石は母親の寝室に降ってきた石だ。丸い石は御曹司の寝室」

どうして、と言いかけて晴彦はジュリアンから聞いた話を思い出した。

母親の寝室で最初のポルターガイストにあった後、寝台の下から逃げ出したジュリアンは手足にひどい切り傷ができていたという。

しかし、元々使っていた自分の寝室で逃げ出したときは、足を滑らせて転んだと話していたのではなかったか。

孝介がうなずく。

「今回のポルターガイストは、霊が御曹司を狙っているということになっている。幽霊に知り合いはいないから断言できないが、同じ人間を呪うのに、部屋が変わったというだけで、わざわざ石の種類をがらりと変えるのは奇妙な気がしないか」

それにな、と言って孝介が口元を歪めた。

「御曹司の部屋に降った石は、裏庭にあった石とまったく同じだった。外で食事ができるようになっている場所に敷きつめられていた石とな」

もし、ジュリアンが最初のポルターガイストで降ったのと似たような石を手に入れたいと思っても、籠の鳥のような生活では、どこにも行けなかったろう。

「でも、どうして自作自演なんて――」

「それは結果から見れば分かる。どこにいてもポルターガイストが起きてしまうならと、心配する父親の説得に成功して、御曹司は母親の寝室に戻ることになった。つまり、御曹司は戻りたかったわけだ」

「どうして戻りたかったんですか」

「『どうして』ばかりだな、ハル」

「すみません。でも教えてください」

　晴彦の真剣な顔が可笑しかったのか、孝介がふっと笑って答えた。

「初めは何故こんなことが起きているのか分からなかったんだろう。だから、最初に石が降ったときは本気で恐ろしかったはずだ。だが、途中で御曹司は気づいたんだ。ポルターガイストを引き起こしているのは誰なのか」

　つまり、煙突を伝って出入りしている人間が誰なのかを。

　そしてそれは、大事な父親を欺いてでも母親の寝室に戻りたいと思わせるほどの相手だったのだ。

「誰なんですか、その人」

「それが分かれば、御曹司が合鍵を作った理由も分かるはずだ」

　そう言って孝介は手帳に何事か書き留めた。

「御曹司が合鍵を作った時期が、文字通り鍵になるだろうな」

「煙突掃除の日でしたね」

「その日、御曹司は具合が悪く屋敷にいた。そして屋敷には、普段は出入りしない煙突掃除人が来ていた――」

孝介が手帳を破って、晴彦に渡した。

「その煙突掃除人の連絡先だ。さっき、雑談ついでにマリー嬢から聞き出した。腕のいい掃除人を探していると言ってな」

「お見事です」

晴彦がため息を洩《も》らすと、孝介が「メルシー」とつぶやいた。


急な面会の申し入れだったが、ジュリアン・デュボアは快く会ってくれた。

平日の昼で、父親はもちろんいない。

寝室で再会したジュリアンは、さらに顔色が悪くなっているように思えた。

寝台脇の椅子に腰かけると、孝介は早速切り出した。

「その後、いかがですか」

「最近は、石が降らなくなりました……。お二人のおかげだと思います。父も、おばさまも喜んで……」

　良いことだろうに、ジュリアンの声には力がない。

「ジュリアンさん、覚えていらっしゃいますか」

「何でしょうか」

「私は申し上げました。最終的には、今、ここに生きている人の憂いを晴らそうとしているのだと」

「ええ……」

「私が頼まれたことは霊の退治なのですが、貴方に元気になっていただかなければ成功したとは申せません」

「私は、元気ですよ」

　そう言ってジュリアンは顔を上げたが、孝介の背後に立っていた晴彦の目には、照明の影がより濃く映って、それこそ霊のように見えた。

「――私はこういう仕事をしておりますから、巴里の興行界はそれなりに詳しいつもりです」

　唐突に孝介が話し始めた。

ジュリアンは怪訝そうな顔をしたが、不作法に遮るような真似はしない。

「昨年の春頃でしたか、とある小屋でひとりの女曲芸師を見かけました。一流の小屋ではありませんでしたが、彼女は目を引きましてね。芸はまだまだでしたが、とにかく身のこなしが軽い。そして何より笑顔が良かった。客もつられて笑ってしまうような、そんな笑顔でした」

薄暗い寝室の中で孝介の声だけが響いている。

「どこの一座も良い芸人を血眼《ちまなこ》で探しています。私も彼女のことをずっと気にかけていました。ところが、その年の冬にはすっかり姿を見かけなくなっていたのです」

晴彦はずっとジュリアンの様子をうかがっていたが、その表情がはっきりと動いたのが分かった。

「その――女曲芸師の名前は――」

ジュリアンが押し殺すような声で訊ねた。

「それが可笑しいのですよ。うら若き乙女だというのに皆、男の名前で呼んでいる。誰に訊ねても男の名前を教えてくれるんです。私たちの国では『太郎』にあたるのでしょうか、こちらではよくある名前だそうで――」

「ピエール」

「そう、そうなんですよ、ジュリアンさん。彼女の通り名はピエールというんです。日本人には馴染《なじみ》が薄いのですが、基督《キリスト》教の聖人にちなんだ名前だそうですね。そしてもちろん」

孝介は言葉を切った。

「こちらの言葉で『石』を意味します」

今や、ジュリアンはまっすぐに孝介の顔を見つめていた。

その細い肩がぶるぶると震えている。

「サラは――サラは、まさかもう――」

「まだ生きていますよ」

「では、どうして――どうしてトマは僕に石をぶつけに来なくなったのですか」

それには答えず、孝介は別のことを訊ねた。

「ジュリアンさんはサラさんのお見舞に行きたいという気持がおありですか」

ジュリアンはがくがくとうなずいたが、両手で頭を抱えたままうずくまってしまった。

「でも僕は――」

「それが分かれば充分です。貴方を連れてくると約束したから、トマさんはここに来なくなったのですよ」

ジュリアンがはね起きて言った。

「でも、僕は行けないのです。行けば、サラのことが父に知れます。父を哀しませるわけにはいきません」

「ええ、分かっております」

孝介の静かな声に気勢をそがれたのか、ジュリアンの表情が少し和らいだ。

「ムッシュウ・カタギリ」

「はい、何でしょう」

「貴方はどこまでご存知なんですか」

「詳しいことは――。サラさんは、貴方に聞いてほしいとのことでした」

「サラが。――そうですか」

そう言ってジュリアンはしばらく目を閉じていたが、やがて静かに話し始めた。

「僕がサラと初めて会ったのは、昨年の春のことです。彼女は煙突掃除のために、この屋敷にやって来たのです」

その日、ジュリアンは体調が優れず休んでいた。

と言っても心配性の父親が無理に休暇を取らせただけで寝ているほどではない。

いつもと違った本でも読もうかと母親の寝室へ足を踏み入れたジュリアンの耳に、その声が聞こえてきた。

「何よ、この煙突。ちっとも汚れてないじゃない」

薄暗い寝室は長い間無人のはずで、ジュリアンはぎょっとして立ち止まった。

見れば、寝台の足元にある大きな暖炉の中から黄色い光が漏れている。

女の声はなおも続いた。

「あっ、そうか。使ってない暖炉があるって言ってたっけ。もう、あたしったら駄目ね。またトマに馬鹿にされちゃう」

「そこにいるのは誰？」

声をかけると、声がぴたりと止《や》んだ。

「誰かいるのかい」

なおも訊ねると、恐る恐るといった風に小さな声が言った。

「──そっちこそ誰？」

「僕はこの屋敷の者だけど……」

ジュリアンが答えると、暖炉の中から、困ったなあ、どうしようという声が聞こえてくる。

幽霊の類や泥棒でもないようだ、と安心したジュリアンが暖炉の前で膝を折ると、鉄格子の扉の隙間から中の様子が見えた。

ランタンの光に照らされて、そこにいたのは煤《すす》で汚れた若い女だった。

ジュリアンを見上げる目がきらきらと輝いて、柔らかそうな前髪が額の上で波打っていた。

「君は……」

「あの、このこと黙っていてくれないかしら。力が弱くて煙突が綺麗にならないからって、どこのお屋敷も女の掃除人は嫌がるの。あたし、弟に迷惑をかけたくないのよ」

そういえば、とようやくジュリアンは思い当たった。

今日は煙突掃除があると、アンリが使用人たちと話していたのではなかったか。

何も言わないジュリアンが迷っていると誤解したのか、女は必死に言い募った。

「頼みを聞いてくれたら、あたしが出てる小屋の券をあげるわ。曲芸をやってるの。モンマルトルじゃ、ちょっとは名が知れているのよ」

暖炉の中の女は自分の事情を一方的にまくしたて、ジュリアンが誰かも分からずに「お願い、お願い」と繰り返している。

ジュリアンは思わず噴き出していた。

「なあに、嫌ね。どうして笑ってるの」

「いや、何でもないんだ」

そう言いながらも、ジュリアンはこみ上げてくる笑いを止められずにいた。

日々繰り返される、静かで落ち着いた日常。

それがジュリアンの世界のすべてだった。

そこへ飛びこんできた見知らぬ相手——しかも彼女は煙突からやって来たのだ。

まるでお伽話《とぎばなし》じゃないか。

その突拍子もなさに、ジュリアンは愉快になったのだ。

「いいよ、約束する」

「ほんと」

女の顔がぱっと輝いた。

「その代わり、君の話を聞かせてよ。僕はモンマルトルに行ったことがないんだ」

「いいわよ。あんたの名前は？」

「ジュリアン。君は？」

「ピエール」

「男の名前じゃないか」

女が肩をすくめた。

「煙突掃除をやってるときは、女だって分からないようにピエールで通してるの。よくある名前でしょ。そうしたら小屋でも通り名になっちゃって」

「本当の名前は？」

「サラよ」

ジュリアンは、万年筆が転がりこんだからと言い繕って門番から鍵を借り出し、暖炉の扉を開けた。

サラはジュリアンがデュボア家の御曹司と知って驚いていたが、とにかく口止めのお礼と思ったのか、掃除の合間を見つけては煙突を滑り下りてきて、あれこれと話をしてくれた。

曲芸師として小屋に出ているサラだが、いつも興行に出してもらえるわけではなく、声がかからないときは、煙突掃除人をしている弟のトマを手伝っているという。

身体も小さいし身軽だから、充分役に立っているのよ、とサラは片目をつぶってみせた。

サラが屋根に上がるたび、ジュリアンは暖炉の前で待ち遠しい気持になった。

合鍵を作ろうと考えついたのも、また会えたらという想いからだったろう。

常に人の目がある生活で、モンマルトルの小屋に出ている女曲芸師と会うことなど不可能に近い。

何より父が喜ばない。

折も折、結婚相手としてある令嬢を紹介されてもいた。

でももしサラが、今日のように煙突を伝って会いに来てくれたなら、それはまるでお伽話がこの先も続くように思えた。

ジュリアンはサラに合鍵を渡し、自分は母親の寝室へと移った。

「サラは来てくれました」

ジュリアンは暖炉のほうを見つめたまま笑顔を浮かべた。

「忙しいだろうに、三日にあげず来てくれました。本当に身体が軽くて、露台《バルコニー》を足がかりにして簡単に屋根に上ってしまうんです。僕は毎晩、暖炉の前で待っていました」

「惚れて通えば千里も一里——」

晴彦は口の中でつぶやいた。

大変だとは思わなかっただろう。

サラもまた、ジュリアンに会いたかったのだ。

「ですが、急に来なくなってしまったんです」

ジュリアンの顔が再び暗く落ちこんだ。

季節は冬を迎えようとしていた。

そろそろ暖炉の用意をする時期だったが、ジュリアンは隣の応接室の暖炉だけを使い、寝室のほうに火を入れるつもりはなかった。

無論、サラが出入りをしやすいようにだ。

そんなとき、ふいにサラが言ったのだ。

忙しくなりそうだから、しばらくここに来ることができないと。

「僕は無理をしないでほしいと言いました。サラはいつものように笑っていました。でも、それから――」

サラは姿を見せなくなった。

ジュリアンは火の気のない寝室で待ち続けた。

連絡を取ろうにも住所すら知らなかったし、知っていたとしても、サラは読み書きができなかった。

普段はデュボア家の御曹司らしく振舞っていたが、ジュリアンの心は揺れ動き続けていた。

ああいった女は不実なものだからと諦めようとし、しかしすぐにサラを信じようと思い直す、そんなことを何度繰り返したことだろう。

堂々巡りの思いに疲れ果てた頃、ジュリアンは見知らぬ男に声をかけられた。

会社からの帰り道、馬が横転して渋滞が起き、ジュリアンの乗った馬車が立ち往生していたときだった。

「彼はサラの弟でトマと名乗りました。どうにか僕に声をかけられないかと、ずっと待ち伏せしていたらしいのです」

トマは言った。

——姉さんは血を吐いて死にかけてる。自分じゃ言わないが、あんたに見舞に来てほしがってるんだ。

そう言って住所を告げた。

それに気づいた御者が大声を上げたので、トマは慌てて逃げていったが、ジュリアンは御者に話しかけられても、ろくに返事すらできなかった。

「それでようやく分かったんです。サラが来なくなった訳が——。彼女は僕に迷惑がかかるからと、表立って連絡すら寄越さないのです。それなのに僕は」

ジュリアンの声が途切れた。

「それでも父の期待を裏切ることができなくて——」

しばらくの間、寝室に嗚咽《おえつ》が響いていた。

「トマが怒るのは当然です」

少し落ち着いたのか、ジュリアンが再び話し始めた。

「最初、石が降ったときは何が起こったのか理解できませんでした。でも暗闇の中で暖炉の扉が開く音を聞いたように思ったんです。合鍵を渡したのはサラですが、その弟が持っていてもおかしくありません。そのことと『石』の意味を考え合わせて、僕はトマが石を投げつけているのだと分かりました」

一本気な弟は、かつて姉が通ったのと同じ道を辿《たど》って、この部屋へとやって来ている。

そうして石を投げつけながら、無言でジュリアンを責めているのだ。

どうして見舞にも来てくれないんだ。

あんたの立場とやらがあるのは分かる。

しょせん、ブルジョアの御曹司と女曲芸師で、最初から何も期待なんかしちゃいない。

でも姉さんは、あんたを待ってる。

ほんの一瞬でいい、顔を見せて、優しい言葉をかけるくらい、どうしてできないんだ。

子どものようなまっすぐさで、トマはその怒りをぶつけている。

「僕には彼の気持が分かりました。だから、ここから――」

ジュリアンが力なく部屋を眺め回した。

「動けないんです。彼の怒りを受け止めることしか、今の僕にはできないから」

孝介が首を振って力強く言った。

「いいえ、できますよ。お見舞に行きましょう」

糸で引かれたようにジュリアンが顔を上げた。

「ですが――」

「もちろん、お父上には内密に」

「でも、どうやって」

「東洋の秘術をもってです」

孝介が答えた。


「ロジェ・ラトゥール先生のご高名なら、私も存じ上げておりますが……」

予想通り、デュボアは怪訝そうな顔を見せた。

数日後、晴彦と孝介は帰邸したデュボアにあることを切り出した。

「ジュリアンをラトゥール先生のところへ通わせるのですか」

「ええ。彼は陰陽道の大家でもあるのですが――」

そう言って孝介は晴彦を振り返った。

「今回の霊騒ぎを完全に鎮めるには、ジュリアンさんを他の場所に移すことが必要だと言うのです」

「他の場所とは」

「リュクサンブール公園の周辺です。このお屋敷から見て、そこがもっとも良い方角であり、地霊の力が強い場所であるとか」

デュボアは額に手を当てたまますっかり考えこんでしまったが、やがて口を開いた。

「私には、貴方がたのお国の流儀はよく分からないのですが――」

「ごもっともと思います」

「しかし、石は降らなくなりましたし、先ほどジュリアンの様子を見てきましたが、少し顔色が良くなったようにも思います。元気になってくれるなら、何でもさせてみようと思いますが、しかし何故、先生のお宅に？　あの辺りならうちの地所もありますが」

「これまで規則正しい生活を送ってこられたジュリアンさんが、突然、家移りしたり、定期的に通う場所ができたら、口さがない者が何を言うか知れたものではありません」

特に、と孝介が続けた。

「他の連中はともかく、ヴェルヌ家のご令嬢に誤解されるようなことがあっては――」

デュボアが大きくうなずいた。

本当の理由も「霊を祓《はら》うため」なのだが、言い訳以上に胡散臭い。

「そこでベルナール夫人にご相談差し上げたところ、ラトゥール先生がリュクサンブールの近くにお住まいだとうかがいました。夫人とも昵懇《じっこん》の仲だとか。先生とジュリアンさんが夫人のサロンで知り合いになり、個人的に天文学の講義を受けるようになったとしても不思議ではありません」

「確かにそれは光栄なことですが――」

なおデュボアはためらっているようだった。

「もし、ラトゥール先生のお宅で石が降るようなことがあっては――」

「いいえ、大丈夫です」

孝介がきっぱりと言った。

「そんなことになったら腹を切ります」

「おお、ハラキリ」

デュボアが目を丸くしてのけぞった。

晴彦は噴き出しそうになるのをすんででこらえた。


女中のマリーから教えてもらった煙突掃除人の住まいは、モンマルトルの一画にあった。

晴彦と孝介が古い貸間《アパルトマン》を訪れ、「ジュリアンに頼まれて来た」と用件を切り出すと、「ようやく来たか」とトマは堰《せき》を切ったように話し始めた。

煙突から屋敷に侵入し、石を投げつけていることさえ隠さなかった。

サラは奥の部屋で一日中寝ているらしく、トマは声をひそめて、あの男が悪い、姉さんが可哀相だと繰り返した。

必死に言い募るその顔にはまだ幼さが残っていた。

詳しいことは何も知らぬとジュリアンに言った孝介だったが、サラはトマには何でも話していたようで、ほとんどのことはトマから聞き出していたのだった。

日に日に憔悴《しょうすい》していくジュリアンの様子を見れば、見舞に行きたくないとは思えない。

後はいかに誰にも知られず、ジュリアンをサラの元に連れていくかだけである。

ジュリアンをラトゥールの元に通わせる約束を取りつけた後、晴彦と孝介はデュボア邸を後にした。

外はまだぼんやりと明るく、二人は長かった一日の幕を引くように、ゆっくりと歩いていた。

「怪談好きのラトゥール先生は本当に偉い学者さんなんですね」

晴彦の言葉に孝介がうなずいた。

「レジオンドヌール勲章を受けているくらいだからな。ソルボンヌの教授で、実家は大きな出版社だ」

大学に通う地の利を考えて、リュクサンブール公園近くに貸間《アパルトマン》を借りているラトゥールだが、富裕な学者らしく、書籍を好きなだけ並べておくため建物をまるごと使っていた。

　それでもさすがに空いた部屋のひとつや二つはあり、怪談趣味の仲間と夜遅くまで語り合ったときのためにと寝台を置いていたのだが、今回、サラのために一室を提供してくれることになった。

「サラさんは肺結核ですよ。ラトゥール先生は御存じなんですか」

「俺たちよりよっぽど医学には通じているさ。どうすれば感染しないか、よく心得ている。それに」

　孝介がため息をついた。

「交換条件で、先生が手に入れた日本語の怪談本を仏蘭西語に翻訳する約束をした」

　ラトゥールは詳しい話をいっさい聞かず、ジュリアンが個人講義を受けるために通ってきているという口裏合わせにも同意してくれた。

「それにしたって……」

「あの先生は、地上の出来事には興味がないんだ。あの世のことと、空の上のこと以外はな」

「いいですね、そういう人。好きですよ、俺」

「今度からは、あの先生の相手はあんたに任せる」

二人はしばらく黙ったまま歩いていた。

「あの、孝介さん」

晴彦は思いきって孝介の横顔に話しかけた。

「何だ」

「ジュリアンさんとサラさんを会わせて、お父さんが望まないような結果にならないでしょうか」

「男と女のことは分からないものだが、まあ大丈夫だろう」

「どうしてですか」

「御曹司が言っていた。煙突からやって来るサラと会って、お伽話のような時間を過ごしたが、彼女のような暮らしはできないだろうと思ったとな。自分というものをよく分かっているんだ」

二人がセーヌに差しかかると、対岸にひとつ二つと灯りがともり始めた。

「御曹司をがんじがらめにしているのは、父親の期待に応えたいという想いだが、それ以上に自分の属している世界から出ていく気持がないんだ」

「この国では、惚《ほ》れた腫《は》れたに命を賭けるって聞きましたよ」

「利口に立ち回って、損をしないことが何より大事だとも考えている」

夕暮れの強い河風が二人の間を吹き過ぎていく。

少し先を歩いていく孝介のフロックコートの裾がはためいた。

「孝介さんは今回、ずいぶんジュリアンさんのために頑張っていらっしゃいましたけど――」

「ああ。罪悪感を薄めてやりたかったからな」

「どうしてですか」

「そりゃ」

孝介がふっと笑って晴彦を振り返った。

「父親より息子のほうが長生きするからな。うちの一座のために、貸しを作るとしたら息子だろう」

第２話　　凱旋門と松と鯉

「今日はこの男と会うことになっている」

そう言って孝介から渡された名刺はかなり変わったものだった。

まず文字がない。

絵だけが印刷されてあって、しかも本棚に本がぎっしりと並んだ図案である。

「本屋さんですか」

「ノン」

「どこの国の方でしょう」

「同郷だ」

孝介が長い指先で晴彦の持っている名刺を軽くはじいた。

「金と暇のある連中が、夜遊び用に変わった名刺を作って遊んでいるんだ。絵柄から想像してみろ。単純な洒落《しゃれ》だ」

「となると、本がたくさんあるわけですから――」

晴彦が答えかけたちょうどそのときだった。

「ボンソワール。待たせて悪かったね」

日本大使館の本多章正が姿を見せた。

「本が多いから、本多か」

晴彦はため息混じりにつぶやいた。

「下宿屋のマダムが妙な男につきまとわれていてね」

縞地の背広を着た本多が席に着くなりそう言った。

夏の巴里は容易に暮れゆかず、辺りは乳白色に染まっている。

オペラ座近くにある店のテラスは、すでに大半の席が埋まっていた。

本多章正は外交官で三十代前半、巴里に赴任して三年目である。

注文もそこそこに話を続けようとした本多が、孝介の隣に座っている晴彦に気づいて声をかけた。

「君、あのときの。元気だったかい」

「お陰さまで。ありがとうございます」

晴彦は丁寧に頭を下げた。

「高瀬さんが君のことをずいぶん気にかけていたよ。君を巴里に呼んだ男は、朝倉商会とも取引をしたことがあったそうでね。悪い男ではないらしいんだ。いや、君の前でこんなことを言うべきじゃないね」

「いえ、大丈夫です」

「約束を破るつもりではなかったろうが、結局こんなことになってしまってね。一寸先は闇というのかなあ。大使館でも君のことを心配していたんだよ」

心配していると言いながら、その口ぶりはどこか楽しそうにも聞こえる。

晴彦を気遣ったのかどうか、孝介が途切れた話をさりげなく続けた。

「本多さんの下宿屋はどちらに」

「凱旋門の近くなんだ。小さい下宿屋だが、飯が美味くて掃除が行き届いている」

おまけに、と本多が力をこめた。

「マダムが尊敬すべき婦人でね。三年前に夫を亡くして未亡人なんだが、それ以来、下宿屋を開いて、ひとりで切り盛りしているんだ」

「素晴らしい女性ですね」

「そうなんだよ」

孝介が如才なく返すと、本多が身を乗り出した。

「巴里には魅力的な女性が多いけれど、マダム・クラリスほどの人はちょっとお目にかかれないね。今朝だって」

運ばれてきた葡萄《ぶどう》酒にも手をつけず、本多が女主人の自慢話を始めた。

孝介は真面目な顔をしてうなずいているが、彼が隣の店から聞こえてくる舞踏曲に耳を傾けているのが晴彦には分かる。

何かあったとき骨折りしてもらうためにも、大使館との顔つなぎは那須一座の番頭として欠かせない仕事だ、と孝介は常々言っていた。

本多から「相談に乗ってほしい」と言われてやって来たのもそのためだ。

「というわけなんだよ」

「本当に素敵な方ですね」

聞き流していたなど微塵《みじん》も感じさせず、孝介が本多に向かって大きくうなずいたのを見て、晴彦は心の中で喝采を送った。

「そのマダムを追い回している男がいるというわけですか。しかし、それほどの美女ならば、懸想《けそう》する男など掃いて捨てるほどいるでしょうね」

孝介がそう言うと、本多の顔に憤慨の色が浮かんだ。

「けしからん話でね。あんなに若くて美しい女性が、亡くなったご主人に操《みさお》を立てて健気《けなげ》に下宿屋を切り盛りしているというのに」

ここだけの話だが、と本多が声をひそめた。

「下宿人の中にも、マダムに恋文を渡している輩《やから》がいるそうなんだ」

貴方は渡していないんですかと言いそうになった晴彦の足を、孝介が蹴飛ばした。

ぐっと声を呑みこんだ晴彦を無視して、孝介が大真面目に言った。

「嘆かわしい話です。ですが、マダムはご安心でしょうね。本多さんのような信頼できる下宿人がいるのですから」

「君もそう思うかい」

手もなく相好《そうごう》を崩した本多を見て、外交官がこれで大丈夫なのか、と晴彦は不安に思った。

「誰だってあんなものだ」

店を出ていく本多の背中を見送りながら孝介が言った。

態度から愛想は消え、いつもの無表情に戻っているが、晴彦にとってはこちらのほうが見慣れているせいか安心できる。

「本多さんは頭もいいし、育ちもいい。何より、うちの一座に好意的だ。今は頭に血が上っているかもしれないが、いずれ熱も冷める」

まるで年配者のような物言いだが、孝介は本多より、そして晴彦よりも年下である。

だが、子どもの頃から那須一座の海外巡業について回ったという経歴の持ち主で、今や欧州の興行界でもその名を知られた一座の番頭として、一手に渉外を引き受ける孝介であれば、大抵の人間は青く見えるのかもしれなかった。

「孝介さんも運命の女性に恋をしたら、本多さんのようになるんでしょうか」

「馬鹿馬鹿しい」

孝介が顔をしかめて珈琲《カフェ》を飲み干した。

「でも、誰だってあんなものって」

「俺にそんな暇はない」

「分かりませんよ。シャンゼリゼの大通りで、踊りながら恋の唄を歌うようになるかもしれません」

「俺がか？」

「ええ」

「殴ってでも止めてくれ」

心底嫌そうな顔をした孝介を見て、晴彦は申し訳ないながら思わず笑い出してしまった。

三ケ月ほど前、彼と出会ったばかりの頃、こんなふうに話ができるようになるなど思いもしなかった。

だが今、少しずつだが、孝介が晴彦に信を置き始めてくれているのが分かる。

それが嬉しかった。

と、同時に胸の痛みも感じた。

己がこの異国の街に来た理由を思い出すたび、孝介の前から逃げ出したくなった。

しかし、芝居の幕はすでに開いており、それを止めることができるのは晴彦ではなかった。

「どうした、ハル。具合でも悪いのか」

心配そうな顔をした孝介に、晴彦は笑ってみせた。

「何でもありません。それにしても不謹慎な話ですが、そんな美女に会えるなんて楽しみですね」

「そうだな」

さして気がなさそうに孝介が答える。

本多は二人に一度下宿屋へ来てくれと頼んでいった。

件《くだん》の男は毎日のように姿を見せるらしく、マダムは気味悪がって外出することさえ嫌がり、買い物には同居している父親が必ず付き添っていくらしい。

その男の正体を突き止めて、二度と姿を見せないよう言ってきかせ、マダムを安心させてやりたいのだ、と本多は言った。

「今回は難しそうですね」

晴彦がため息をついた。

先ほどの本多ではないが、頭に血が上っている男に話が通じるかどうかはなはだ心もとない。

何でもいいさ、と孝介は立ち上がった。

「本多さんの望みはマダムの気を引くことだからな。岡惚れしている男がどうなろうと知ったことじゃない」

「今回、俺たちはキューピッド役ですか」

　孝介の後を追いながら、弓を引く真似をした晴彦に、孝介が振り返って「逆かもな」とつぶやいた。

「それはどういう……」

「本多さんの下宿屋に行ってみなければ何も分からないが、その前にハル、悪いが二つばかり頼まれてくれ」

「何でもおっしゃってください」

「日本人に評判のいい下宿屋で空きがないかどうか」

「はい」

「それから個人的に、色っぽい料理上手な美人の知り合いがいないか？」

「いませんよ。何の冗談ですか」

目をむいた晴彦に、孝介が大真面目な顔で言った。

「いや、本気だ。——まあ、餅は餅屋というからな」

店を出た孝介がオペラ座を背にして歩き始めた。

二人の貸間《アパルトマン》とは逆の方向である。

家路を急ぐ人々の隙間を縫うようにして、どんどんと歩いていってしまう孝介の背中を晴彦は小走りに追いかけた。

何事か思いつくと、孝介は説明もせずに突然行動を始めてしまう。

あれこれ訊ねると「どうして分からないんだ」と言いたそうな顔で不機嫌になる。

「どこへ行くんですか、孝介さん」

「だから餅屋だ」

孝介が振りむきもせずに言った。


階段を上りきると、目指す部屋からはちょうど客人が帰っていくところだった。

溢れんばかりに豊満な女性である。

彼女は扉の前で繰り返し部屋の主に甘い言葉を投げかけて、ようやく階段を降りていった。

「以前は清楚な女性が好きだとおっしゃっていませんでしたか」

部屋に入るなり孝介はぶっきらぼうにそう聞いた。

寄りつきの正面に広い居間がある。

長椅子や安楽椅子がいくつも置かれており、そのひとつに着物姿の男が寝そべっていた。

四十は越えているというが、そうとは見えぬ若々しい顔つきである。

「あほう。清楚な女性も、だ。限定したら、その枠からこぼれ落ちる女が出る」

にっと笑って、座長が身体を起こした。

「いつか刺されますよ」

「俺がそんな下手を打つか」

孝介が腰に手を当てて座長を見下ろした。

「楽屋に入る順番で揉《も》めている女性たちの交通整理をしているのはハルなんですよ。少しは裏方の身にもなってください」

「ほう」

座長が視線を向けたので、晴彦は心持ち背筋を伸ばした。

「道理で最近、俺目当ての女客同士の喧嘩が少ないと思った。理屈ばっかりこねやがる孝介じゃ、女の舵取りはできねえからな」

「舵取りできる人数に抑えていただけると助かるんですが」

ふん、と顔を背けた孝介を無視して、座長が晴彦に向かって続けた。

「あんたにゃ気の毒だったが、うちの一座にはいいめっけものだった。朝倉の口利きもあったが、ま、俺の目に狂いはなかったってことだ」

晴彦は腰を折って頭を下げた。

「あんたの先の雇い主——ええと」

「鈴木さんです」

「そいつが新しい店を開くってんで、仏蘭西語のできる日本人を探しに日本へ帰っている間、恋女房が片腕と頼む手代と手に手を取って駆け落ちしたって話だったな。それで店を続ける気力が萎《な》えちまった、と」

「ええ」

「で、今は行方知れずだってな」

「はい、心配しているのですが……」

座長が呆《あき》れたように天を仰いだ。

「馬鹿だな、そいつ。何も女は逃げた女房ひとりってわけじゃねえ」

「座長のように、各国各都市の公演先ごとに女房がいる男とは違って一途な方だったんでしょう」

孝介の嫌味に座長が面白くなさそうな顔をした。

「まったく、おしめの取れねえ頃から面倒見てやったのに、なんて口のきき方だ」

「赤ん坊だった俺の面倒を見てくれたのは座長でなく石井さんです」

「そんなふうに育てた覚えはねえぞ」

「育ての親に似なくてほっとしてますよ」

「まったく、口が減らねえな。休演日に何の用だ。せっかくの休みにまでお前の小言は聞きたくねえ」

二人のやり取りに思わず噴き出した晴彦を、孝介は横目で睨むと、気を取り直したように訊ねた。

「座長のお知り合いの中に、色っぽい料理上手な美人はいらっしゃいませんか」

「多すぎて名前が出てこない」

孝介が乱暴に椅子に腰を下ろして言った。

「ひとりで充分ですから、後で紹介してください」

「お前が女？　珍しいこともあるもんだな」

「大使館の本多さんから、ちょっとした依頼を受けました。必要なくなるかもしれませんが、打てる手はすべて打っておきたいんです」

座長はしばらくの間、何事か考えていたようだったが、再び長椅子に寝そべると大きく伸びをした。

「好きにすればいいさ。お前のやることに間違いはないだろうからな」

座長がそう言った瞬間、孝介の横顔に誇らしい表情が浮かぶのを、晴彦は見た。

「ところで座長、次のマルセイユ公演のことなんですが――」

「今日は休みだと言っただろうが、この鬼番頭め。俺はこれからまた別の女と約束があるんだよ」

「一日で何人と会う気ですか」

「一日四回も公演を組みやがるくせに、一日に四人の女と会うのに何の不都合がある。とっとと帰れ」

「ああ、そうですか」

孝介は不快な表情を露《あら》わにしてさっさと部屋を出ていった。

「申し訳ありません、座長」

頭を下げ、慌てて孝介の後を追おうとした晴彦を、座長が呼び止めた。

「孝介にハルって呼ばれてるのか、あんた」

「はい」

「面倒くさいだろう、あいつ」

「いえ、そんなことは……」

口を濁した晴彦に、座長が大声で笑った。

「いいってことよ。孝介の奴はあんたを気に入っているようだ」

「そうでしょうか」

「興味がないと名前すら覚えねえからなあ。公演がらみなら、売り子の顔と名前まで覚えてるってのによ」

「分かります」

苦笑いを浮かべた晴彦に、座長がため息をついてみせた。

「わがままなんだよ、あいつは。頭が良くて気もきいて、だが邪魔にならない、何でも言うことをきく人間じゃなけりゃ気に入らないのさ」

誉められたのか馬鹿にされたのか、晴彦は一瞬考えこんだが、とりあえず素直に喜ぶことにした。

「ありがとうございます」

「あいつには嘘をつかないでやってくれ」

とてもその歳《とし》とは思えぬ澄んだ目が晴彦を見つめていた。

「それはどういう……」

「ガキの頃から嫌な目にばっかり遭ってるからな。人に期待なんかしねえようになってるんだが、その分、信じたら弱いのさ」

「私は——嘘など」

「クロウ！」

と、そのとき、濃い香水の匂いとともに女性が駆け寄ってきて座長に抱きついた。

「ま、そんなわけでな。後はよろしく」

顔中にキスの雨を降らせている女性ともつれあうようにして、座長は隣室に消えた。

「いい場所にあるな」

孝介が辺りを見回しながらそうつぶやいた。

エトワール広場に建つ凱旋門を起点として、シャンゼリゼをはじめとする大通りが放射状に伸びているが、その大通り同士が手を結ぶようにして、いくつかの細い通りができている。

本多の下宿屋はその通りのひとつにあった。

「大使館にも近いから、寝坊しても安心ですね」

晴彦は今、歩いてきた大通りを振り返った。

この通りをまっすぐ歩いていけば日本大使館に辿り着く。

「こんないい地所に下宿屋を持てたんだから、ここのマダムはだいぶ金を貯《た》めてたんだろうな。それとも死んだ旦那が年寄りの小金持だったたか。下宿人が若い男ばかりとなると、パトロンに金を出させたわけでもないだろうが」

「下世話ですよ、孝介さん」

「育ちが悪くてな」

そのときちょうど玄関が開いて本多が顔を出した。

「二人とも、よく来てくれたね。刻限通りだ」

中に足を踏み入れた途端、晴彦は目をみはった。

壁一面に絵葉書が飾られてあったからだ。

天使や幼い少女、美しい景色に花束といった絵柄の物が多い。

「マダムのご趣味ですか」

孝介が訊ねると、本多が笑ってうなずいた。

「こっちはもっと凄いよ」

そう言って本多が食堂に二人を案内した。

部屋の中央には大きな楕円形の卓子が置かれており、その上に季節の花が飾られているのはどこの家でも同じだろうが、違うのは、こちらの壁にもぎっしりと絵葉書が並んでいるところだ。

晴彦は唸った。

「壁紙が見えませんね」

「圧巻だろう」

本多が片目をつぶって続けた。

「マダム・クラリスはつつましい方で、何であれ贅沢などしないんだが、絵葉書にだけは別でね。浮ついたところのない女性なのに、絵葉書のこととなると夢中になってしまう。その様子が少女のように愛らしいんだ」

本多にかかると、どんな話題でも最終的にはマダムの賛美になってしまうようである。

壁に視線を走らせて孝介が言った。

「日本の絵葉書も多いですね」

「戦争に勝ったせいか、また日本ブームが起きていてね。右肩上がりで輸入量が伸びているそうだよ」

露西亜との戦争は昨年終結し、講和条約が結ばれていた。

戦時中から、それぞれの戦地で勝利を収めるたびに記念の絵葉書が作られていたのを、晴彦は覚えていた。

「ところで今日は、忙しいだろうにすまなかったね」

さしてすまなそうに見えない本多に、孝介が首を横に振った。

「とんでもありません。本多さんにはいつもお世話になっているのですから。少しでもお役に立てれば嬉しいです」

「それにしても、那須一座は相変わらず凄い人気だね。券が取れなくてなかなか観にいけないんだよ。僕が座長の傘芸の話をしたら、マダムがそりゃあ羨《うらや》ましがってね。一度は観てみたいと言っていたよ」

すかさず孝介が胸の隠しから券を二枚取り出した。

「招待券です。是非、マダムと一緒にいらしてください。本多さんから日本の衣装や背景の説明をして差し上げれば一層楽しめることでしょう」

「いいのかい」

本多が嬉々《きき》として手を伸ばしたのと、食堂の扉が開いたのは同時だった。

「マダム・クラリス」

本多が嬉しそうな声を上げる。

栗色の髪を結い上げた小柄な女性が入ってきた。

肩から腕にかけた部分がたっぷりとふくらんだブラウスを着て、腰から流れるような長いスカートをはいている。

そして本多が自慢するだけあって美しい女性だった。

「マダム。こちらが私の友人で那須一座の方々です」

「お会いできて光栄です」

晴彦と孝介はそれぞれに挨拶した。

「こちらこそ光栄ですわ。クラリス・エイメと申します。――あのう、お二人とも綱渡りをなさいますの？」

クラリスが目を輝かせて晴彦と孝介を見上げた。

「申し訳ありません、マダム。私たちは裏方で、舞台には立ちません」

「そうなんですか」

孝介が謝ると、クラリスが素直にがっかりした表情を見せたので、本多がすかさず招待券の話をすると、その顔がぱっと明るくなった。

「まあ、まあ。滅多に手に入らない券を二枚もいただけるなんて、嬉しいですわ。父もきっと喜びます」

その一言で本多の野望は打ち砕かれたが、そこは外交官、すぐに体勢を立て直してクラリスに笑顔を向けた。

「本当にマダムはお父さん思いでいらっしゃる」

だが、クラリスは小さく首を振った。

「下宿屋の仕事が忙しくて、満足に親孝行もできないんです。親子二人こうして食べていけるのですから、文句を言っては罰《ばち》が当たりますけれども……。でも、父だってせっかく田舎から巴里に出てきたんですから、いろいろ見て回りたいと思っているに違いないんです」

「マダムのお気持は充分伝わっていると思いますよ。この界隈《かいわい》でも、マダムのような娘を持てるなんて幸せな父親だと評判なのですから」

力をこめてそう言った本多に、クラリスが「メルシー」と言って照れたような表情を見せた。

「そうそう、そうでなくては。マダムは笑顔が一番ですよ。その太陽のような笑顔を覆い隠す雲を吹き払う風に、私はなりたいのです」

「まあ、ムッシュウ・ホンダ」

本多がさり気なくクラリスの手を取って続けた。

「そのために、那須一座のお二人もお呼びしたのです。彼らは世界中で公演を行っていますから、様々な人生を見聞きしておりますし、また一筋縄ではゆかぬ問題も乗り越えてきているのです。私はもちろん全力を尽くしますが、きっと彼らもマダムの力になってくれるでしょう」

巴里にいると日本の男もこんなに口がうまくなるのか、と晴彦は感心した。

これなら日本男児がシャンゼリゼで歌いながら踊る日も近いに違いない。


「一ケ月ほど前のことでした」

四人が卓子を囲むようにして腰を下ろすと、クラリスが組んだ指に視線を落としたまま話し始めた。

「部屋が空いていないかと言って、若い男の方が訪ねてきたんです」

この近所で良い下宿屋がないか探していたところ、クラリスの下宿を勧められたという。

だが、あいにく部屋はすべてふさがっていた。

クラリスがそう答えると、男は残念そうな様子を見せたが、もし空きができたら是非置いてほしいので、と部屋代や食事の時間等を訊ねた。

特に、どんな下宿人がいるのか熱心に知りたがっていたが、同じ屋根の下で暮らすことになれば誰でも気になることなので、そのときはさほど気に留めなかった。

男は礼を言って帰っていったが、見送った後、クラリスは男が住所を置いていかなかったことに気づいた。

そもそも名前すら、男は言わなかった。

これでは連絡できないではないかとクラリスは呆れたが、おっちょこちょいな人もいるものだと思っただけで、その男のことはそれきり忘れていた。

「それから一週間くらい経った頃だと思います。肉屋のエンマさんが、私のことをいろいろと訊きにきた男がいると教えてくれたんです」

本多がふんと鼻を鳴らした。

「あの丸太のようなお内儀ですね。一日中、人の噂話ばかりしているという話だ。マダムがつきあうような女じゃありませんよ」

「そんなことありませんわ。エンマさんはいい方です。いつもお肉をおまけしてくれますし」

「おまけ」に力をこめたクラリスに、晴彦は思わず噴き出した。

「あらまあ、私ったら」

そう言って顔を赤くしたクラリスを見て晴彦は目を細めた。

本多などすっかり鼻の下が伸びている。

そんな中、唯一態度も表情も変わらないのが孝介だった。

「その男はどんなことを調べていたのですか」

孝介が訊ねると、クラリスはうつむいたまま、しばらくためらっていたが、やがて小さな声で言った。

「エンマさんがおっしゃるには、その——下宿人の方やこの辺りのお店で、私と特別に親しい方はいないかと」

「あの丸太め」

本多が音を立てて立ち上がった。

「待ってください、ムッシュウ・ホンダ。エンマさんは言ってくださったそうです。この下宿屋には私の父も同居しているし、そんなふしだらなことはないと」

本多が再び乱暴に腰を下ろした。

孝介が続ける。

「エンマさんが言っていた男と、部屋を借りにきた男は同じ人物でしょうか」

「ええ、私、顔を見たんです」

クラリスが肉屋で買い物をしていたとき、エンマが小声でささやいたという。

――ほら、例の男だよ。隣の店の前に立ってる。

クラリスが他の棚を見るふりでそれとなくうかがうと、若い男が窓硝子越しに店の中をのぞきこんでいるところだった。

その顔には確かに見覚えがあった。

顔色の変わったクラリスを見て、エンマが声をひそめた。

――知った顔かい。

――先日、下宿先を探しにいらした方です。

――うまい口実だ。

エンマが一人合点してうなずいた。

――きっと、あんたに気があるんだよ。最近、この辺りでちょくちょく見るからね。大方、他の店の連中にも聞いて回ってるんだろう。この節、巴里にもおかしいのが増えてきたよ。気をつけな。

エンマが心配と好奇心の入り混じった顔で言った。

「その頃から、私もその方をしょっちゅう見かけるようになりました。私がいつも行くお店や時間をよくご存知のようで……」

　声を震わせたクラリスを気遣うように、孝介が優しく訊ねた。

「その男は貴女に話しかけてくるのですか」

「ええ。と言っても、たいしたことは話しません。先日はどうも、とか、良いお天気ですね、といった程度です」

「しかし貴女はその男に何か不審を感じていらっしゃる」

「何がおかしいというわけではありませんの。こちらのムッシュウ・ホンダのように――」

　そう言ってクラリスが本多に微笑《ほほえ》みかけた。

「上品で、教養ある方だと思いました。ただ、どことなく怖いような気がするんです。うまく言えませんが」

「このようなことをおうかがいして大変申し訳ありませんが、こういったことは以前にもありましたか」

「何度か……」

　赤くなったクラリスが小さくなってうなずいた。

本多は面白くなさそうな顔をしているが、この美女なら言い寄ってくる男など掃いて捨てるほどいるに違いない。

「ですけれど、私、下宿屋の仕事が忙しいですし、夫のことを忘れられないんです。その――好意を打ち明けてくださる方もいらっしゃいましたが、その都度《つど》、きちんとお断りしてきました」

「これまで貴女に好意を寄せてきた男たちにも、その男と同じような怖さをお感じになりましたか」

クラリスが首を横に振った。

晴彦はそっと横目で孝介の様子をうかがったが、さすがに彼も考えあぐねているようである。

美貌の女主人についてあれこれと聞き回り、彼女のまわりに頻繁に姿を見せる男がいる。

だが、何かされたというわけではなかった。

今のところは気にしなければそれですむ話だが、いずれどうなるか分からないし、何よりクラリス本人が気味悪がっている。

結局、はっきりとしたことは言えないが、こちらでもできるだけ調べてみると言って二人は席を立った。

食堂を出ようとするとき、孝介が立ち止まった。

「あれは日本の物ですね」

部屋の中央にある暖炉の上にも数枚の絵葉書が飾られていたが、その中の一枚が一際、目を引いた。

松と鯉の絵柄は、晴彦の目にも簡素で美しかったが、周囲の絵葉書が華やかなだけに異彩を放っている。

「亡くなった主人が送ってくれたものなんです」

クラリスが絵葉書を手に取って視線を落とした。

「私のために珍しい物を手に入れようとして、いつも骨を折ってくれていました。観光客の多い場所で給仕《ギャルソン》をしてましたから、いろんな国の方から絵葉書を譲り受けることができたんです。もちろん、日本の方からも」

「そうでしたか」

「郵便受けに入っていたら驚くだろうって、わざわざ投函するんですの。切手代が勿《もっ》体《たい》ないわって言っても笑って聞かなくて。——そう、覚えてますわ。この絵葉書が届いた日は雨でした。私、大慌てで乾かしましたもの」

差し出されて、孝介が受け取った絵葉書を、晴彦もまた脇からのぞきこんだ。

消印はすっかりにじんでいたが、クラリスの住所と名前、そして夫の名前だろう、アランという署名がくっきりと読める。

「私、不思議とこの絵柄が好きなんです。何だか心が落ち着くようで——」

「いえ、分かりますよ」

孝介はそう言って微笑むと、下宿屋を後にした。

「雲をつかむような話ですね」

言いながら晴彦はため息をついた。

「ちょっと考えすぎという気もしますが、美人は美人なりの悩みがあるのかもしれませんね」

「お前、ああいう女が好みか」

孝介が横目で晴彦を見た。

「孝介さんだって綺麗だとお思いになったでしょう」

からな」

「気がつかなかった」

「素直じゃありませんね」

「顔が綺麗だからって、心まで聖女のようだとは限らないさ。腹の底までは読めないからな」

晴彦の脳裏にふと、座長の言葉がよみがえった。

知らず歩みが遅くなる。

――ガキの頃から嫌な目にばっかり遭ってるからな。人に期待なんかしねえようになってるんだが、その分、信じたら弱いのさ。

欧州興行界でもその名が鳴り響く那須一座の番頭として、普段の孝介は絶対の安心感を与えてくれる存在だったが、時おり彼が年下なのだということを、晴彦は思い出すことがあった。

孝介の厳しいまでに突き放した態度を見ていると、強くならなければ生き抜いてこられなかっただろうこれまでの道程を思って、かすかな哀しみも感じた。

先を歩いていた孝介がふいに振り返って言った。

「マダム・クラリスについて調べてみよう。ハル、手伝ってくれ」

晴彦は驚いて駆け寄った。

「つきまとっている男のほうじゃないんですか」

「そっちは手がかりがないからな。とりあえずマダムだ」

「ですが、マダムは通りすがりの男に岡惚れされて困っているだけでしょう。どうしてマダムを？」

孝介の口元が皮肉そうに歪んだ。

「お前、どうせ調べるなら美女のほうがいいだろう？」


「美味かった」

そう言って孝介がフォークとナイフを置いた。

「ありがとうございます」

空になった皿を見て、晴彦は小躍りしそうになった。

今夜の献立はプレ・ココット、大きな厚い鍋で作る鳥料理である。

食の細い孝介に何とかたくさん食べさせようと、日々知恵をしぼり、腕を磨いている晴彦だが、孝介が自ら「美味い」と言ったのは初めてである。

晴彦は勢いこんで言った。

「他に何か食べたい物があれば遠慮なくおっしゃってください。マドレーヌ寺院の近くに醬油を売っている店がありますし、日本食も何とかなると思います」

「手慣れたものだな」

「ええ、まあ。二親が早くに死んで、弟の面倒を見てきましたから。赤ん坊の世話もできますよ」

孝介が白葡萄酒を飲む手を止めた。

「大変だったな」

「そんなことありませんよ。孝介さんのほうがずっと大変だったでしょう。子どもの頃から外国暮らしなんですよね」

「日本を出たのは十三のときだ」

「親御さんが心配なさったんじゃ……」

「俺に父親はいない。母親は、そのときにはもう死んでいた」

返答は短かったが複雑な事情が透けて見える。

何と言っていいものか晴彦が迷っていると、孝介が洋杯を卓子の上に置いて言った。

「気にするな。よくある話だ」

孝介は、那須一座の芸人だった母とその贔屓客の間に生まれた。男には妻子がいたのか、現実を突きつけられて目が覚めたのか、母が身ごもったのを知ると、手切れ金を置いて姿を消したという。

その後、孝介は那須一座のかつての番頭だった石井という男に預けられた。一座は一年中、興行を打ってあちらこちらを回っていたから、母親とは滅多に会えなかったが、暮らし向きは悪くなかった。

「食うには困らなかったし、学校にも行かせてもらった」

孝介の母親は息子を芸人にするつもりはなかったらしい。芸人の子として生まれたからには、小さい頃から厳しい訓練を受けて、旅暮らしをするのが普通だが、母親が一座の花形だったため、厚遇を受けたようである。

だが、孝介の関心は一座から離れることはなかった。

「石井の爺さんが番頭を務めていた頃の話をよく聞かせてもらったし、近場の興行についていって手伝いをしたこともある。今じゃ、日本を遠く離れて外国暮らしだ。結局、母親の願いとは違ってしまったな」

「孝介さんは自分で選んだ道に進んだんですから、お母さんも喜んでいらっしゃると思います」

「どうだかな」

孝介の表情がわずかに和んでいるのを見て、晴彦は思いきって訊ねた。

「その――孝介さんのお父さんは――」

「お前、弟がいると言ったな。今、どうしてるんだ」

遮られて、晴彦はそれ以上続けることを諦めた。

「弟は身体が弱いんです。今は親戚の家に預かってもらっています」

「お前、大丈夫なのか。仏蘭西くんだりまで来て」

「ちょっと心配でしたけど、こちらでお金を貯めていい治療を受けさせてやりたいと思ったんです」

孝介が小さくため息をついた。

「それは気の毒だったな」

「とんでもないです。鈴木さんのことは残念でしたけど、こうして那須一座に置いてもらっているんですから。本当に有り難いです。それにこんな有名な一座で働いたら、たくさん土産話もできます。きっと喜びますよ」

孝介が興味を引かれたように訊ねた。

「お前の弟はどんな奴だ。俺は兄弟がいないから――」

そうですね、と晴彦はしばらく考えこんでから言った。

「孝介さんに似てますよ」

「俺と？」

孝介が眉を上げた。

「顔立ちはまったく違いますけど、そうですね、性格というのか、物の考え方なんかが似ているような気がします」

「それだと、俺とお前が兄弟ってことになるぞ」

「はあ、そうなりますね」

「全然似てないじゃないか。本当に血がつながってるのか」

「そこまで言わなくても……」

晴彦は肩を落として食器を片づけた。

マダム・クラリスについて調べてくれと言われて、晴彦は頭を悩ませた。

次回のマルセイユ公演のため、孝介はしばらくの間、契約や手続きにかかりきりとなってしまうので、調査は晴彦がやるしかない。

孝介はクラリスが下宿屋を開く前に何をしていたか知りたがっていた。

しかも彼女に知られずに、だ。

そうなると、本多に聞けばクラリスに筒抜けだろうし、肉屋のお内儀の例もあるので、近所に聞いて回ればいずれ彼女の耳に入ってしまう。

結局、本人からそれとなく聞き出す他ない。

晴彦でさえ、被害を受けているほうの女性の過去が何の役に立つのかよく分からなかった。

だが、孝介の指示は絶対である。

「そら。これを使え」

クラリスの下宿屋を訪ねてみると言うと、孝介が紙の束を差し出した。

見れば大量の絵葉書である。

仏蘭西《フランス》はもちろんのこと、独逸《ドイツ》、英国《イギリス》、西班牙《スペイン》、白耳義《ベルギー》と、各国の絵葉書が揃っている。

しかも女性が喜びそうな美しい絵柄ばかりである。

「どうしたんですか、これ」

「巡業先で買ったんだ」

「孝介さんも絵葉書がお好きだったんですか。知りませんでした」

そう言うと孝介が顔をしかめた。

「馬鹿言え。座長の代筆をさせられているんだ。外国からわざわざ絵葉書が届けば、女たちが喜ぶからとな」

「さすが座長」

思わず晴彦は唸った。

道徳的にはどんなものかと思うが、その行動力とまめさには素直に頭が下がる。

「感心するな、腹が立つ」

「すみません」

「忌々《いまいま》しい仕事だと思っていたが、まさか、こんなふうに役に立つとはな。好きに使え。マダムがほしがるようならくれてやっていい」

「助かります」

おかげで晴彦は、にわかとはいえいっぱしの絵葉書収集家となった。

仏蘭西へ来るまでに寄港地で記念にと買った物も加えると、国際色はさらに豊かになり、さして興味がない晴彦でも、ずらりと並んだ絵葉書を見ていると何となく浮き浮きした気持になる。

三日後、陣容を整えて晴彦は再び下宿屋を訪れた。

「お約束も取りつけずに申し訳ありません」

「まあ、先日の――」

「那須一座のハルヒコ・ヤマナカと申します」

突然の来訪のためか、クラリスの顔に戸惑ったような表情が浮かんだが、次の瞬間、それは見事に吹き飛んだ。

「私どもの番頭から、マダムをお慰めするように言われました」

そう言って、晴彦が絵葉書を収めた帳面を広げてみせると、彼女の目が輝いた。

「食堂へどうぞ。今すぐお茶をお持ちしますわ」

お構いなく、という言葉も聞こえそうにない。

茶碗をかちゃかちゃいわせながら、ほとんど小走りに戻ってきたクラリスは、子どものように手を伸ばして晴彦から帳面を受け取る、いや奪い取ると、一枚一枚丁寧に見始めた。

その様子は、まさに熱心の一言だった。

裏も表もじっくりと眺め、近づけたり遠ざけたり、斜めにしたりひっくり返したりと、それで一体何が見えるのかと思うが、収集家にとってはそれが当たり前なのかもしれなかった。

最後の絵葉書を帳面に戻すと、クラリスは長いため息をついた。

「外国の絵葉書がこんなに！　さすが欧州中で公演をなさっているだけありますわ」

「番頭が絵葉書に興味を持っていて、各国の物を集めているのです。こちらの壁に飾られた絵葉書を拝見して、大変羨ましがっておりました」

「そうは見えませんでしたが……」

「照れ屋なのです」

孝介に聞かれたら殴られそうだが、晴彦はだいぶ脚色して答えた。

「こちらの下宿には本多さんがいらっしゃいますし、巴里にもずいぶん輸入されていると聞きますから、マダムは日本の絵葉書をかなりお持ちなのでしょうね」

ええ、とクラリスが嬉しそうにうなずいた。

「おかげで、少しですがカンジも分かるようになりましたの。ムッシュウ・ホンダに教えていただいたのですが、数字くらいでしたら私にも読むことができます」

「それは素晴らしいですね」

「日本にも絵葉書を集めている方はいらっしゃいますか」

クラリスが無意識にか、帳面の表紙を撫《な》でながら訊いた。

「もちろんですよ。日本でも絵葉書の収集は大変な流行になっているんです。人気のある画家など、新作が出るたびに朝から長い行列ができますし、愛好家同士で交換会も行われています」

「まあ素敵」

遠い異国で珍しい絵葉書が飛び交っている様を想像したのか、クラリスの顔が紅潮している。

「マダムは本当に絵葉書がお好きなのですね」

「子どもっぽいとおっしゃるのでしょう」

クラリスが唇をすぼめて、拗《す》ねたような表情を作った。

「そういうわけでは――」

「いいえ、よろしいんですのよ。下宿してくださっている方々にも、いつも笑われているのですから」

そう言って、今度はおどけたような顔になる。

くるくると変わる表情は見ている者を飽きさせず、確かに本多が夢中になるだけあって愛らしい女性だった。

「マダムはいつから絵葉書を集めていらっしゃるんですか」

「ブリュネ男爵夫人の小間使いをしていた頃です」

クラリスはつられたように答えたが、一瞬、その顔に後悔の色が浮かんだ。

晴彦はそれに気づかぬふりで続けた。

「男爵というのは何ですか。私は日本人ですし、巴里に来たばかりなのでよく分からないんです」

「まあ、ムッシュウ・ヤマナカ。そんなこともご存知ないなんて。男爵というのは貴族の称号のことですよ」

「ははあ、貴族。お金も学問もあるような方のことなのでしょうね」

今ひとつ分からないといった顔であいまいにうなずいていると、クラリスは安心したのか、閉じかけた口を再び開いた。

「ブリュネ男爵は銀行家でしたから、立派な邸宅にお住まいでしたの。夫人もお優しくて美しい方でした」

「ブリュネ夫人はマダムが小間使いをおやめになって残念がったでしょうね」

「それが――」

クラリスが口ごもった。

「夫人はお産が元でお亡くなりになりましたの」

そのとき突然、食堂の扉が開いて、ひとりの老人が入ってきた。

髪はかつらでもかぶったように白く、足を引きずるようにして歩いてくる。

「まあ、お父様」

クラリスが立ち上がって駆け寄った。

「どうかなさったんですか」

「お客さんかね」

そう言いながら、晴彦を見る目は刺すように冷たい。

「この間、お話ししたでしょう。ムッシュウ・ホンダからご紹介いただいた那須一座の方です。今日は絵葉書を持ってきてくださったの」

「お邪魔しております」

「ふん。日本の芸人か」

どこの国でも、娘に近寄る男への、父親の態度は変わらないなと思ったが、晴彦はかすかな違和感も覚えた。

「リシャールの息子は来とらんのか。前は三日にあげず通ってきとったが」

「ルイさんは建て増しの件でご相談に乗っていただいただけですもの」

「あの男が来るときは、お前、ずいぶんめかしこんでいたじゃないか」

「そんなことありませんわ」

クラリスの表情は、駄々っ子をなだめる母親のそれだった。

それでもクラリスの父親はしばらくの間ぶつぶつと言っていたが、

「喉が渇いた。部屋に茶を持ってきてくれ」

投げつけるようにそう言うと、現れたときと同じように、ふいと食堂を出ていってしまった。

「申し訳ありません、ムッシュウ・ヤマナカ。父が失礼を――」

「とんでもありません。お約束もせずおうかがいして、こちらこそ申し訳ありませんでした。私はこれでお暇《いとま》します」

あまり粘って出入禁止になってもまずい、と晴彦は席を立った。


「只今戻りました」

晴彦が扉を開けると、長椅子に腰かけた孝介が左手に包帯を巻こうとしているところだった。

「どうかなさったんですか」

「静かにしてくれ」

駆け寄った晴彦に短く答えると、孝介は眉根を寄せたまま器用に包帯を巻いた。

「ま、こんなものか」

それまで黙らされていた晴彦は、長椅子の上に身を乗り出すようにして訊ねた。

「孝介さん。どうして怪我なさったんですか」

「俺の不注意だ」

「本当ですか」

「どうして俺が嘘をつく」

孝介が鋭い目で晴彦を見上げた。

「それは――その、座長が……」

「あの人は余計なことを」

孝介がちっと舌打ちした。

「あんなもの、ただの噂だ。確かに同業者から脅しめいた台詞《せりふ》を言われたことはある。うちの一座は名が知れているし、それで妬《ねた》まれてもいるだろう。売れる売れないに関係なく、ただ東洋人だから気に入らないというのもいる。だが、証拠はないんだ」

「ですが、その怪我は」

「モンマルトルにある小屋の大道具置き場にいたら、木でできた背景が崩れてきた。よくあることだし、この程度の怪我なら日常茶飯事だ。机の前でお勉強しているんじゃないんだからな」

それでも心配している晴彦を気の毒と思ったのか、珍しく孝介がいたわるような声で訊ねた。

「で、どうだった。美女の過去は突き止められたのか」

晴彦が順を追って見聞きしたままを伝えると、孝介は長椅子に身体をうずめるようにして考えこんでしまった。

今の報告の一体何が引っかかったのか聞いてみたかったが、経験上うるさがられるだけだと分かっているので、晴彦はそっと隣の台所へ移動した。

「ハル」

「はい、何でしょう」

濡れた手を拭きながら居間へ行くと、孝介が怪訝そうな顔をした。

「お前、何やってるんだ」

「夕飯の準備です」

「さっきまでそこに立ってなかったか」

「俺がマダムの話をしてから、ゆうに一時間は経ってますよ」

孝介が晴彦の顔を見、それから時計を見た。

「悪かった。考え事をしていた」

「いいえ、俺は大丈夫です。孝介さんの邪魔にならなければ、それでいいので」

孝介の張りつめたような雰囲気が薄らいだのを感じて、晴彦は孝介の隣の椅子に腰を下ろした。

「何をお考えになっていたんですか」

「たいしたことじゃないんだが——お前、傷害保険というのを知っているか」

晴彦は腕を組んで天井を見上げた。

「何かあったとき、どこからかお金がもらえるんでしたっけ」

「ずいぶん大雑把な知識だな」

孝介が呆れた顔をした。

「傷害保険というのは、事故で怪我をしたとき、保険会社から保険金が支払われる仕組みのことだ」

「それは有り難いですね。怪我をしたらお医者さんにかからなくちゃいけないし、働けなくなるから、お金も入ってきませんし」

「もちろん、只でじゃない。月々、決まった保険料を払いこんでおくんだ」

この怪我も、と言って孝介が左手を持ち上げた。

「俺が保険をかけていたら、保険金が下りたはずだ」

「いくらくらいなんでしょう」

「それは保険料によって決まるだろうな。保険金を多く支払ってほしければ、それだけ高い保険料を支払うことになる」

晴彦は唸った。

「怪我をしなければ払い損ですね」

「だが、その逆もある。ごく短い期間しか保険料を支払っていなくても、怪我をすれば、その時点で多額の保険金が手に入る」

「でも、世の中そんなにうまくはいかないですよ」

晴彦は笑ったが、孝介は笑わなかった。

「お前の言う通りだ。——偶然に頼ればな」

孝介が包帯を巻いた左手を見つめながら、つぶやくように言った。


「銀行家のブリュネ男爵」について、孝介は早速、つてを紹介してくれた。

那須一座の贔屓筋に、銀行家夫人の親睦団体があるのだという。

孝介が皮肉そうに口元を歪めて言った。

「有閑マダムの集まりでな。退屈しきっているはずだから、うまく水を向ければ何でも話してくれるだろう。今日も高い店で高い茶を飲むことになっているそうだ。話は通しておいた」

「敷居が高いですねえ」

「気位も高い。頑張ってくれ」

臨機応変の見本のような指示である。

とはいえ、クラリスの下宿を訪ねる際も絵葉書を用意してくれたように、孝介は丸投げにして梯子《はしご》を外すようなことはなかった。

「もし、そちらが駄目なら朝倉商会に頼んでもいい。恐らくブリュネ銀行と取引のある会社を紹介してもらえるだろう。お前、朝倉商会の高瀬さんとは面識があったか」

晴彦は首を横に振った。

「鈴木さんが失踪した件で、色々と手を尽くしてくださったとはうかがっていますが」

「あれほど頭の切れる男は滅多にいない」

「孝介さんは高瀬さんと親しいんですか」

「まさかな」

孝介が鼻で笑った。

「俺とは生きる世界の違う人だ。だが、あんな大会社の次期後継者だというのに、欧州で活動している日本人の動静によく目配りをしている。俺も前に助けてもらったことがあった」

「ええ。おかげで俺も助かりました」

朝倉家には後継ぎの一人息子がいたが、事故で妻子共々亡くなったという。

高瀬は朝倉家の遠縁にあたり、かつては跡取り息子の秘書を務めていたそうだが、事故死した後は、次の後継者と目されて、日本と欧州を頻繁に行き来しているらしい。

孝介にしては珍しく多弁で、高瀬に一目置いているのが分かる。

「ところで孝介さんの今日のご予定は」

「何故訊く」

「夕飯の準備が必要かどうか知りたいからです」

孝介がふっと笑った。

「必要ない。今日はル・プティ・マルセイエ紙の記者と会うことになっている。要は接待だ。好意的な記事を書いてもらわないとならないんでな。前評判が高ければ券の売れ行きも違う」

「お手伝いできなくてすみません」

「充分助かっている」

振り返りもせずにそう言って、孝介は部屋を出ていった。

言い方は素っ気なかったが、晴彦は嬉しくなった。

相手が誰であれ、人と話すことを苦と思ったことのない晴彦だが、孝介が喜んでくれるなら、とその日はいつも以上に気合が入った。

ルーヴル宮殿そばのリヴォリ通りにあるその店で、晴彦は首尾よくブリュネ男爵夫人と親しかったという女性を見つけることができた。

「先日の興行では、奥様たちはもちろん、ブリュネ銀行様にも大変お世話になりました」

適当な世辞を並べておいて晴彦はさり気なく本題を切り出した。

「そういえば、男爵の奥様はお亡くなりになっているとか」

「ええ、そうなんですの。可哀相なソフィー。とても綺麗だったのに、あんなことになってしまって……」

イネスという名の夫人が目頭を押さえた。

ブリュネ男爵夫人ソフィーとは娘時代からの友人だったという。

「亡くなってから、もう三年になるでしょうか。早いものですわ。ソフィーは元々、身体が弱くて……。男爵はお忙しい方ですが、いつも彼女のことを気遣っていました。お医者様にもしょっちゅう来ていただいていて」

「そうだったんですか」

「何年も子どもができなくて、彼女は残念がっていましたけれど、そんなに腰が細くては子どもを産むなんて無理よって、私いつも言っていたんです」

たっぷりとした腰回りのイネスがため息をついた。

「夫人は絵葉書が好きだったとおうかがいしましたが」

ええ、とイネスが大きくうなずいた。

「少し馬車に揺られただけでも具合が悪くなるくらいで——滅多に外出もできませんでしたから、あちらこちらの写真や絵を見て楽しんでいたんでしょう」

「さぞかしたくさんの絵葉書をお持ちだったんでしょうね」

「よく小間使いに買いに行かせていました」

「もしかして、その方はクラリスというお名前ではありませんでしたか」

　イネスが目を丸くした。

「どうしてご存知ですの」

「クラリスさんは今、下宿屋を開いていらっしゃるんです」

「まあ」

「そこに日本大使館の外交官が住んでおりまして、先日、その方をお訪ねしたときに、いろいろとお話をうかがったんです」

「そうだったんですの……。不思議な巡り合わせですわ」

　イネスがしきりにうなずきながら言った。

「そう、クラリス。覚えていますわ。最初は通いの使用人だったのですけれど、よく気のつく子だからというので、ソフィーがサン・ジェルマンの屋敷に住まわせて、身の回りの世話をさせるようになったんです」

　故人の思い出という繭《まゆ》から、記憶という名の糸が引き出されていくのか、イネスがすらすらと話をしてくれた。

「夫と引き離してしまって可哀想だとは言っていましたけれど、ソフィーも亡くなる前は、クラリスがいないと夜も日も明けないようになっていましたから……」

明るくていい子でしたわ、とイネスが続けた。

「外出できない気持ちのいいソフィーのために、街で見かけたことをあれこれと話してくれましてね。いつも気持のいい笑顔を向けてくれたけれど、あの子も大変だったでしょうね。ソフィーが亡くなった後、すぐに夫を亡くしたと聞きましたよ」

妻子を一度に亡くしたブリュネ男爵をなぐさめるため、イネスは何度か屋敷に足を運んだという。

「クラリスも後始末や何やらで、しばらく屋敷に残っていたのですよ。夫のことは本人から直接、聞きました。彼女よりずいぶん年上だったと聞きましたが、それでも本当に急なことだったそうで……。ソフィーのかかりつけのお医者様が来てくれたと言っていましたが、どうにもならなかったとか」

お葬式が二つ重なってしまうなんて、とイネスがため息をついた。

「あの子は本当に健気でしたよ。最後に、ルロワ先生に診《み》ていただけたのだから充分ですと言って」

「良い先生なのでしょうね」

「ええ。私も何度かお会いしたことがありますけれど、人当たりの良いハンサムな方でしたよ。アンヴァリッド近くのグルネル通りにお住まいとか」

イネスはクラリスが元気にやっていると聞いてほっとした顔をしていたが、やはり一番大変だったときを見ているせいか、しきりに気にかけていた。

「あの子も夫を亡くしてから三年が経つんですね」

「奥様にそんなふうに心配していただいて、クラリスさんも嬉しくお思いでしょう」

「そうだといいのですけれど」

帰りがけ、名残惜しそうなイネスが晴彦を見送ってくれた。

「最初お見えになったときは、ムッシュウ・カタギリがいらしたかと思いましたわ。とても背が高くていらして」

「年格好が似ているせいか、よく間違えられるんです」

「まあ、やっぱり」

「ですが、孝介さんのほうがずっと美男子ですし、頭の中身は雲泥です」

言い訳するようにそう言って、晴彦は店を後にした。

「何を今さら……」

早足で歩きながら晴彦はつぶやいた。

似ている、という言葉にぎくりとさせられた。

わざとそうしているにもかかわらずだ。

そしてもっと孝介に似るようにと、着る服も仕草も真似るよう努力してきた。

今では、東洋人の顔の見分けがつかぬこちらの人間だけでなく、一座の人間でも、後ろ姿や暗がりで見かけたときなど、どちらが孝介で晴彦か分からないと言われるまでになった。

すべてはあの男の指示通りに進んでいた。

うまくやらねばならぬと思う半面、孝介が時おり見せる不器用な優しさに触れるたび、晴彦の心は沈んだ。

——そんなことしなくていいよ。

別れ際、弟はそう言った。

詳しいことは何ひとつ話さなかったのに、敏《さと》い彼は、うまい話の裏に隠された何かに気づいたのだろう。

晴彦にいつも笑顔だけ向け続けていた弟が、そのときだけは凍りついたような表情をしていた。

最近になって、そのときのことを繰り返し思い出すようになった。

孝介のせいだろうか、と晴彦は思う。

弟と孝介は雰囲気が似ていた。

幼い頃から自分の願いを口に出さず、生き抜くため、まわりに合わせてきただろう人間の諦めを身にまとっていた。

孝介を見ると、晴彦は弟の言葉を思い出した。

そして思い出すたび心が揺れた。

いつの間にか晴彦は立ち止まっていた。

舗道の真ん中に突っ立っている東洋人に、すれ違う人々が怪訝そうな視線を投げかけていく。

晴彦はきつく目をつむった。

せめて、役に立とう。

そう思った。

それが偽善でしかなくても、今は——今だけは、孝介と那須一座のために力を尽くして、孝介を裏切っているというこの苦しさから目を背けたかった。


翌日、晴彦と孝介はアンヴァリッドに向かった。

孝介は深夜の帰宅だったが、それでも相変わらずの早起きで、朝食を食べながら晴彦の報告を聞くと、「ルロワ医師のところへ行く」と言って席を立った。

相変わらず理由は言わないし、晴彦もまた聞かなかった。

孝介は午後にまた約束があるらしく、時間を節約するために二人は馬車に乗った。

軽快な蹄《ひづめ》の音を聞きながら風に吹かれていると、ここ最近暗く重く心にのしかかっていた影も薄くなるような気がした。

セーヌ河を背にして立つと、エッフェル塔の左手に建つアンヴァリッドは、和訳すると「廃兵院」である。

元々は負傷した兵を収容するために作られた建物だという。

金色に輝く教会の屋根を見て、晴彦は思わず唸った。

「知らなかったら、廃兵院もあるとは思いませんよね」

「怪我をして気持が落ちこんでいたら、かえって立派な建物にいるほうが治りが早いのかもしれんぞ」

「俺は落ち着きませんが」

「俺もだ。貧乏人には居心地が悪い」

そのアンヴァリッドの手前で二人は馬車を降りた。

右手に折れるとグルネル通りである。

通りに入ってすぐの花屋でルロワ医師の貸間《アパルトマン》を訪ねると、親切な店主が「そこだよ」と、通りを挟んだ四階建ての建物を指差したが、その丸い顔に怪訝そうな表情が浮かんだ。

その理由はすぐに分かった。

「ルロワ先生はお亡くなりになったんだよ」

扉を叩いても返事がなかったので、下の食堂で訊ねたところ、ちょうど忙しい時間帯が終わったところなのか、がらんとした食堂で、箒《ほうき》を手にしていた五十がらみのお内儀がそう言って眉をひそめた。

「あんたたち、知らなかったのかい」

腰に手を当てて胡散臭そうな顔をしているお内儀に、孝介が丁寧な挨拶をした。

「お仕事の手を止めさせてしまって申し訳ありません。私は那須一座の片桐孝介と申します。当地で興行を打たせていただいております」

「ああ、あの」

お内儀の顔が上気した。

いつもながら「那須一座」は魔法の呪文である。

格段に愛想の良くなったお内儀から聞いた話によると、ルロワ医師は先月、亡くなったという。

孝介がお通夜用の顔で言った。

「先生には、一座の者が急病になったとき助けていただいたのです。まだお若かったと思いますが……」

「若かろうが、年寄りだろうが、河で溺れちゃね」

お内儀がため息をついた。

「とても残念な事故でしたね」

「事故ねえ。まあ、事故といえば事故なんだろうけど……」

おかみは口ごもったが、辺りを見回すと声をひそめた。

「先生は腕のいい医者でね。患家も金持が多かったけど、この辺りの人間も気軽に診てくださってた。だけど、三年くらい前からだったか、飲みすぎるようになってね」

そう言ってお内儀が洋杯を傾ける真似をした。

「さすがに患者の前で酔っ払うようなことはなかったけど、ここでよく食事してくださってたから――」

お内儀が嬉しそうに言った。

「先生は口が肥えててね。評判の店には必ず足を運んでたけど、あたしの料理は別格だって言ってくれてねえ」

「常連だったのですね」

「そうそう。それで、葡萄酒の量が過ぎるようなときは、一言言わせてもらってたよ。先生、そんなんじゃ、馬車にひかれちまいますよ、足を滑らせて河に落ちますよってさ。それがまさか本当にねえ」

「何かあったのでしょうか」

お内儀の目が泳いだ。

さすがに見知らぬ東洋人に話しすぎたと思ったのだろう、これで話はおしまいと言いたげに掃除の手を動かし始めた。

「さあねえ。医者なんていろいろあるだろうから……」

「――実は」

そう言って孝介が視線を落とした。

「私も先生にもしものことがないかと心配していたのです」

乱暴に床を掃いていたお内儀の手が止まった。

「助けていただいた一座の娘が、先生のことを大変慕っておりました。まだ三つほどでしてね。両親のない子ですから、父親のように感じていたのでしょう。先生も可愛がっていて、休演日には近くの公園に連れていってくださっていました。私もお供させていただいたのですが、先生は何か気にかかっていたことがおありだったようで……」

お内儀が顔を上げた。

「あんたも聞いたのかい」

「ええ。ですが――」

「そうだね、分かるよ。言いにくい話さ」

お内儀が箒をそっと壁に立てかけると椅子に腰を下ろした。

「その娘さんを見て、先生は自分の子のことを思い出したんだろう。もし生きていたらってね」

「ええ」

「相手の女性は誰か分からないよ。でも、葡萄酒を飲んじゃ、謎かけみたいに途切れ途切れに話をしてた。その人にも、お腹《なか》の子にも悪いことをしたってね。亡くなる前は、鞄から封をした手紙を取り出してよく眺めてたよ」

「どなた宛ての――」

「住所は見えなかったよ。でも、このままじゃいけないって、ぶつぶつと言ってたね」

その手紙が投函されたかどうか、お内儀は知らないという。

「飲んで忘れようとしてたんだろうけど、駄目だったね。結局、死神に捕まっちまった」

誰にも言えない、だが誰かに聞いてほしい——そんな気持が伝わってくる。

そしてそれは、この食堂のお内儀も同じなのだろう。

秘密は口を閉ざすほどに、心に重くのしかかっていくものだからだ。

「いい先生だったんだよ」

お内儀がつぶやくように言った。

「あたしの死んだ旦那も、最後は先生の世話になったんだ」

そう言ってお内儀が壁にかけられた写真に目をやった。

二人は食堂を出ると、黙ったまましばらくの間歩いていたが、アンヴァリッドを通り抜けた頃、晴彦はようやく口を開いた。

「ルロワ医師が亡くなっていたとは驚きましたね」

「そうだな」

「お相手の女性というのはもしかして——」

「十中八九、ブリュネ男爵夫人だろう」

「子どもの作り話なんかなさって、孝介さんは男爵夫人とルロワ先生のことをご存知だったんですか」

いや、と孝介が首を横に振った。

「だが、夫が留守がちの家に、しょっちゅう美男の医者が通ってきている。何年も子どもが生まれなかったのに突然できた。誰だって同じことを想像するだろうさ」

「まったく、下世話ですよ」

だが孝介は意に介したふうもない。

しかし、これで何が分かるというのか。

最初はマダム・クラリスにつきまとっている男を何とかしてほしいという話だったのに、いつの間にか男爵家の醜聞に行きついてしまった。

ふいに孝介が言った。

「マダム・クラリスは知っていただろうな。女主人とかかりつけの医者の関係を」

「そうでしょうね。男爵夫人は、マダムをそばから離さなかったそうですし」

「夫を亡くした後、マダムは分不相応な不動産を手に入れた。夫は給仕《ギャルソン》だったというから稼ぎはたかが知れている。マダムも同じようなものだろう。その金はどこから出たんだろうな」

ルロワ医師は患者と情を通じた上、子まで生《な》し、おまけにその女性は出産が原因で死んでいた。

そんな話が広まれば、医者としては致命的である。

「まさか、ルロワ医師を脅して——」

「食堂のお内儀の話だと、ルロワ医師は食道楽だったそうだし、金に詰まっていたようには思えないがな」

そろそろ時間だ、と孝介が取り出した懐中時計に目をやった。

「俺はここから直接、約束の場所に行く。ひとりで帰ってくれ」

「ちょっと待ってください、孝介さん」

晴彦は慌てて孝介を引き止めた。

「俺には何が何だか分かりません。考える手がかりをください」

必死な晴彦を見て、孝介が口元を歪めるようにして笑った。

「答えを教えてくれとは言わないのか」

「頭を使う努力をしてみます。少しでも孝介さんの役に立てるようになりたいので」

「今でも充分だ。お前には背中を預けていられるからな。全方位に構えていなけりゃならなかった頃に較べれば、ずいぶん肩の荷が下りた」

そう言って孝介が拳で晴彦の胸をとんと叩いた。

「いいか。お前も俺と同じ物を見ているから、よく考えれば分かるはずだ。死んだと言われているが、実は生きている人間がいるってことをな」

晴彦は目を見開いた。

「誰なんですか」

「頭を使うって言ったのはお前だろう？」

皮肉そうな、だが楽しげな笑顔を残して孝介は去っていった。


再度マダム・クラリスの下宿を訪れたのは、その月も半ばになろうとする頃だった。下宿人はすべて出払っているだろう時間帯を選んだのだが、扉を叩こうとして、晴彦は思わず手を止めた。

中から男女の怒鳴り合う声が聞こえたからだ。

「どうしましょうか」

そう言って晴彦が孝介を振り返ったとき、扉が勢いよく開いたかと思うと、中からクラリスの父親が飛び出してきた。

ひどく興奮しているのか、二人に気づいた様子もなくそのまま通りへ駆け出すと、足が悪いとは思えぬ速さでどこかへ行ってしまった。

呆気《あっけ》に取られてその背中を見送っていると、背後からクラリスの声がした。

「何かご用ですか」

親子喧嘩の直後だからか、これがあの少女のような女だったかと思うほど顔つきに険がある。

だが、孝介は気にしたふうもなく「お邪魔します」と言うと、クラリスが止めるのも聞かず勝手に食堂へ入ってしまった。

「いい絵柄ですね」

孝介は暖炉の前で立ち止まると、松と鯉があしらわれた日本製の絵葉書を見上げた。

「これはご主人が送ってくださったものだとおっしゃっていましたね」

「ええ」

クラリスがつっけんどんに答える。

「間違いありませんか」

「私が夫からの絵葉書を間違えたりなどしませんわ」

腕を組んだまま仁王立ちになって孝介を睨みつけているクラリスに、孝介は微笑みかけた。

「よろしいでしょう。ということは、この絵葉書は三年より前、一九〇三年以前に投函されたということになります」

「当たり前でしょう。主人は三年前に亡くなったんですから」

「ですが、それだとずいぶんおかしなことになるんですよ」

孝介が手を伸ばして松と鯉の絵葉書を手に取った。

「貴女は漢数字を読むことができるとおっしゃっていましたから、もしこの絵葉書に年号が書かれていたら、どんなにお気にいりであったとしても、この絵葉書を食堂に飾るなどという真似はなさらなかったでしょう」

「……どういうこと」

「私は絵葉書の収集家ではありませんが、この絵葉書が一九〇四年以降に作られたものだろうということは想像がつきます。つまり」

そう言って孝介はクラリスを見据えた。

「貴女のご主人が亡くなった後に作られたものだということです」

息をするのもためらわれるような長い沈黙の後、先に口を開いたのはクラリスだった。

「どうしてそんなことが言えるの」

「これは洒落なんです」

孝介がクラリスに絵葉書の絵柄を見せた。

「松と鯉が描かれていますね。普通に見ればただの風景画です。――ここからは少し難しい話になりますが我慢して聞いてください。日本語で、漢字の『松』は『まつ』と読みますが『しょう』とも読みます。『鯉』は『こい』ですが『り』とも読むんです。これを合わせると『しょうり』になります。日本語では『勝利』、仏蘭西語では『トリオンフ』の意味です」

「だから何だっていうの」

この近くにも、と孝介が窓の外に目をやった。

「凱旋門がありますね。アルク・ドゥ・トリオンフ。戦争での勝利を記念して作られた門です。そしてこの絵葉書もそうなんですよ。日本が露西亜に勝った記念として作られたんです」

「その戦争って――」

「一昨年の二月に始まって、昨年の九月に終わりました。各戦地で勝利するたび絵葉書が作られたとしても、一昨年、つまり一九〇四年の二月以前に作られたはずはない。何しろ戦争が始まっていませんでしたから」

「その前の戦争かもしれないじゃないの」

クラリスの声は震えていた。

「おっしゃる通り、日露戦争の十年前に清国とも戦争をしましたが、そのときまだ日本では私製絵葉書は許可されていなかったんです」

クラリスの身体がぐらりと揺れたが、彼女は辛《かろ》うじて卓子に手をついた。

「もちろん、ただの風景画であるという可能性は残っていますから、大使館を通じて、この絵葉書がいつ作られたものなのか、日本に問い合わせる必要はあるでしょう。ですが、雨に濡れたというのに住所と名前ははっきりと読むことができて、消印だけ狙ったようににじんで判別できないというのは、ちょっと不自然な気がしませんか」

孝介が静かに続ける。

「死んだはずのご主人が生きているかもしれないということと、貴女が立地のいい下宿屋を手に入れたことを考え合わせて、私は保険金詐取が行われたのではないかと考えました」

「主人は死んだんです。ちゃんと死亡証明書が出ているんですから」

卓子掛け《テーブルクロス》を握り締めているクラリスの手が白く引きつっている。

「その死亡証明書を書いたルロワ医師は先月、亡くなりました。事故でしたが、三年前から酒量が多くなっていたそうです」

理由は二つです、と孝介が言った。

「ひとつは、結果的にブリュネ男爵夫人を死に追いやったこと。そしてもうひとつは、生きている人間を死んだことにして保険金を騙し取る手伝いをしたこと。もちろん、二つ目を依頼したのは貴女方夫婦で、男爵夫人の件を種にして強請《ゆす》ったんです」

顔を上げないクラリスに向かって孝介が続ける。

「ルロワ医師は良心の呵責《かしやく》に耐えきれなくなっていたんでしょう。亡くなる直前、保険会社に手紙を書いていました。三年前のアラン・エイメ死亡の件で話したいことがある、と。貴女につきまとっていた男性は保険会社の調査員です」

もはやクラリスは身じろぎもしなかった。

「この辺りを歩き回っている彼をつかまえるのは簡単でした」

孝介が調査員に自分の推理を話すと、彼はすぐに自分の身分を明かした。

ルロワ医師が亡くなったため、直接、話を聞けなくなったものの、不正が行われた可能性が高いということで、再調査を始めたという。

「彼が貴女の男性関係について熱心に調べていた理由もお分かりですね。しばらくは、ほとぼりを冷ますために離れて暮らしていたとしても、夫が生きているなら、いずれそばに呼び寄せるでしょうから」

実際にクラリスはそうしていた。

ただし、父親としてだ。

元々、年の離れた夫だったというが、年配者らしく見せかけるため、白髪のかつらをかぶせ、足の悪い真似までさせたのだろう。

クラリスが椅子に倒れこんだ。

身体はぐったりとしているが、その目だけはぎらぎらと光っている。

「主人は私とルイ・リシャールの仲を疑ってるの」

「建て増しの相談をなさっていた――」

「そうよ。ま、でも疑われても仕方ないわね。本当なんですもの。主人だってもう協力なんかしてくれないでしょうよ」

「貴女につきまとっている男のことなど放っておけば良かったんですよ」

そう言った孝介に、クラリスが鼻で笑った。

「私、あいつのこと、リシャール家に頼まれた人間だと思ってたのよ。連中は金持家柄もいいから、ルイと私のことを反対してるの。だから、逆にあの男をつかまえてで突き出せば、有利な駒になるだろうってね。ルイは私に甘いし、こそこそ嗅ぎ回られたってことが分かれば同情だってしてくれるはずだもの。だから正体を確かめようと思ってホンダに頼んだのに」

「ルイさんとうまくいったとして、ご主人のことはどうなさるつもりだったんですか」

「さあね。どうしたかしらね」

クラリスが冷たい表情のまま続けた。

「ルロワ先生は気が小さいから、誰にも話すはずないと思ってた。夫人がお産でもたないだろうなって分かった頃から、夫に高い保険金をかけたのよ。私の想像通りに事が進んで、お金って何て簡単に手に入るんだろうって思ったのに。――まったく男なんて」

　クラリスが卓子の上の果物籠を壁に向かって投げつけた。

　鈍い音がして、壁から絵葉書が何枚もはがれ落ちる。

「黙ってるなんて簡単じゃない」

「マダム」

　伸ばした孝介の手をクラリスは振り払った。

「私が他の男とつきあったって、お金が入ってくるんだからいいじゃないの。せっかく楽にいい暮らしができるっていうのに。馬鹿じゃないの」

　立ち上がったクラリスが飾られた絵葉書を叩き落とし始めた。

　床を埋め尽くす絵葉書を踏みつけているクラリスを、晴彦と孝介はただ眺めているしかなかった。


「ちょっと可哀相でしたね」

　数日後、貸間《アパルトマン》近くの食堂で二人は遅い夕食をとっていた。

店内はさほど広くないが、窓が大きく、飴色の卓子と背もたれの高い赤い椅子が整然と並んでいる。

味も悪くないが、孝介はまっすぐ並んでいる椅子が特に気に入っているらしく、時時、晴彦を誘うことがあった。

孝介が窓に背を向けるようにして座ったので、その前に腰を下ろした晴彦の目には、外の様子が舞台のようにくっきりと見えていた。

通りすぎる人々の中には、店の中の知人に気づいて手を振る者もある。

「可哀相？」

孝介が乱暴にナプキンを広げた。

「保険会社に絞め殺されるぞ」

「でも孝介さんだって――」

「お前が哀れに思うのは、あの女が若くて美しいと感じたからだろう。そのせいで絵葉書に隠された意味にも気づかないんだ。本多さんは言うに及ばずだがな」

そう言って、孝介は運ばれてきた隠元豆《いんげん》のサラダを食べ始めた。

「世の中の男の多くがそういう偏った意見を持つなら、つり合いを取るためにも俺がもっと冷たくしないとならないな」

あの後、孝介は外で待っていた保険会社の調査員に松と鯉の絵葉書を渡すと、後は任せたと言わんばかりにその場を立ち去ったのだった。

「孝介さんは普段から充分、冷たいですよ」

晴彦がそう言ったときだった。

「これは片桐さん。ご無沙汰しています」

低い声が降ってきて、見上げると糸のように細い目をした男が立っていた。

「高瀬さん」

すぐに孝介が空いていた席を勧めると、高瀬は優雅に礼を言って腰を下ろした。

「この辺りで高瀬さんにお目にかかるとは思いませんでした。お仕事ですか」

「ええ。ヴォージュ広場の近くに取引先のお屋敷がありましてね。思ったより早くに終わりましたので、少しぶらぶらとしておりました。まさか片桐さんにお会いできるとは」

「私のような浮き草稼業の人間と話しているところなど、人に見られないほうがいいでしょう」

「ご謙遜がすぎますね」

滅多に感情を表に出さない孝介だが、高瀬に対しては敬意を持っているのが伝わってくる。

「そうだ、高瀬さん。こちらがうちの新入りです。例の鈴木さんの件で――」

「ええ、覚えておりますよ」

そう言って高瀬が晴彦に顔を向けた。

「はじめまして。朝倉商会の高瀬敏之と申します」

「こちらこそ、はじめまして。山中晴彦です。その節はいろいろとご迷惑をおかけしました」

私は何もしておりませんよ、と高瀬が首を横に振った。

「ところで、那須一座はいかがですか」

「こんな人気のある一座で働かせていただいて有り難く思っています」

「大変なこともおありでしょう」

「あったとしても孝介さんの前では言えません」

孝介がナイフとフォークを操る手を止めて晴彦を睨んだ。

「ほう。何か不満でもあるのか」

「いや、ないです」

「あるなら言え」

「ないですったら」

ある、ないと応酬する晴彦と孝介を見ていた高瀬が小さく噴き出した。

「うまくいってらっしゃるようですね。良いことです。先日の下宿屋の一件も、二人で解決なさったと聞きましたよ」

「お聞き及びでしたか」

「何より、大使館の本多さんに対する気遣いが見事でした。すぐに別の下宿屋を紹介なさったそうですね。大変喜んでいらっしゃいましたよ。大家さんは年配の女性だそうですが、部屋は清潔で、何より近所の食堂で新しく働き始めた料理人が腕も良くて大層美しいとか」

「美人は揉め事の種」と孝介は言っていたが、恐るべき先見の明である。

今回の一件が持ちこまれた段階で、本多がマダム・クラリスの下宿屋を出ていく可能性まで考えて別の下宿屋を探させていたのだ。

事件の解決以上に、那須一座のためにならなければ意味がないと考えている孝介だからこそ、本多には、相談して良かったと思ってもらいたい、とそこまで心配りをしたのだろう。

見事でした、と高瀬が繰り返した。

「もし夕食がまだなら、一緒に召し上がっていきませんか」

「いえ、いただいてきてしまったので」

お会いできて良かった、と高瀬は席を立った。

硝子張りの扉を押して出ていくその背中を、晴彦は目で追わないようそっと視線をそらした。

第3話　オペラ座の怪人

「君に、片桐孝介という男の身代わりになってもらいたいのです」

高瀬敏之はそう言った。

もうずっと前のことに思えるが、今年の初めのことだった。

昼なお薄暗い部屋の中で晴彦は高瀬と向きあっていた。

深い椅子に腰かけた高瀬が、広い机の前に立つ晴彦を見上げていた。

今、巴里にいる片桐孝介という男が、朝倉商会における高瀬の立場を危うくしかねないという。

「現在、合資会社朝倉商会を率いているのは会長である朝倉友隆です。彼には一人息子である友継がいましたが、妻子ともども事故死しました。そこで、友継の補佐をしていた遠縁の私を後継者にと考えたようです」

高瀬の淡々とした声だけが室内に響いている。

「しかし、友継には事故死した子の他にも息子がいます。それが――」

高瀬が神経質そうに細い指を組み替えた。

「片桐孝介です。友継が若い頃、曲芸師の女性との間にもうけました。だが、父親である朝倉友隆は二人を認めなかった」

孝介は母親に引き取られ、友継は親が選んだ別の女性と一緒になった。

年は取りたくないものです、と高瀬が言った。

「引退を考える年齢になって、朝倉友隆はもう一度、夢を見たくなったのでしょう。最愛の妻との間に生まれた期待の息子、その息子の子に商会を継がせるという夢を、です。朝倉は秘密裏に――特に私に知られないように、その子の居場所を捜し始めました。しかし、私にも独自の情報網がありましてね」

高瀬は言葉を切ったが、すぐに続けて言った。

「私は以前から片桐孝介がどこにいるのか知っていましたが、朝倉友隆はようやく私立探偵に依頼をしたばかりです。曲芸師一座の足跡を追うのは元々、容易ではない上に、片桐孝介のいる那須一座は海外巡業も行っています。探偵が所在をつかむまで一年程度はかかると見ています」

高瀬の話を聞くにつれて、晴彦は自分が追いつめられていくのを感じた。

今まさに、朝倉商会の後継者をめぐる内紛に巻きこまれつつあるのだ。

「もちろん、お礼はさせていただきますよ。貴方の弟さんも充分な医療を受けることができるでしょう」

眼鏡の奥の細い目が晴彦をじっと見つめていた。

高瀬は晴彦の事情を知っている。

晴彦が断らないことをよく分かっているのだ。

今にして思えば、高瀬は前途有望な青年を支援するという名目で、いざというときに役に立つ人間を探していたのかもしれなかった。

柄にもなく、晴彦は喉の渇きを覚えた。

「身代わり——というのは」

「文字通りの意味です。貴方に片桐孝介になっていただきたい。彼のそばで彼の姿や仕草を真似るんです。そして彼の過去について聞き出して、彼が片桐孝介であるという証拠を手に入れてもらいたいのです」

「騙して、盗むんですか」

「そう言ってもいいですが」

高瀬が口の端だけを吊り上げて笑った。

「貴方がうまくやれば、彼は何が起きたか一生知らずにすむでしょう。片桐孝介は自分の父親が誰であるか知りません。母親も、相手の男が朝倉家の人間だとは知らないままでした。知らなければ何もなかったのと同じことですよ」

それに、と高瀬が続けた。

「手荒な方法は、できるだけ取りたくないのです。死体が出れば、何かと面倒なことになりますからね」

また、私立探偵を買収したり危害を加えたりすれば、朝倉友隆が高瀬の企《たくら》みに気づく可能性があった。

後継者としての地位が危うくなっている今、友隆に疑われることだけは絶対に避けなければならない。

晴彦は拳を強く握り締めた。

このことを知れば、弟はどんなに哀しむことだろう。

「その、片桐さんという人はどんな方ですか」

「資料は後でお渡しします。すべて頭に入れていただいて、その後に破棄してもらいますが」

「高瀬さんは片桐さんに会ったことがあるんですか」

すでに話を打ち切ろうとしていた高瀬の動きが止まった。

「そんなことを聞いてどうするんですか」

「いえ——ただ知りたくて」

うなだれた晴彦に、高瀬の視線が突き刺さるようだった。

やがて高瀬が口を開いた。

「何度かあります。私は年に数度、仕事の関係で巴里に行きますので」

「そうですか」

「片桐孝介は友継に——彼の父親によく似ていますよ」

高瀬はそう言うと晴彦を残して部屋を出ていった。

閉じられた扉の音が、喉元まで出かかった拒絶の言葉を打ち砕いた。

——片桐孝介。

晴彦は顔も知らぬ男の名前を胸の中で繰り返した。

朝倉商会の正当な後継者はどんな男なのだろう。

――せめて、嫌な男だといい。

己が犯すだろう罪の苦さを少しでも薄めたくて、晴彦は祈るようにそう願った。

停車場の前はひどく混雑していた。

電車や馬車がひっきりなしに行き交う中を、人々が小走りにすり抜けていく。

「そちらを歩かないでください、孝介さん」

舗道側に押しやると、孝介が呆れ顔になった。

「馬鹿か、お前は。そういう気遣いは惚れた女にでもしてやれ」

「クリシーの大通りで馬車にひかれそうになったって聞きましたよ」

また座長か、と孝介が忌々しそうな顔をした。

「ずいぶん信頼されてるな。座長に話せば、何でもお前に筒抜けだ」

「座長だって心配なさってるんですよ。孝介は自分を大事にしないって」

「うちの若い座員には、契約の手順や書類の作り方は教えてある。俺に何かあったって、代わりならいくらでも――」

「いませんよ」

晴彦は遮るようにして言った。

「孝介さんの代わりはいません」

孝介は何か言いかけたようだったが、小さくため息をつくとそのまま口を閉ざした。

その日、晴彦と孝介が訪れたのは、サン・ラザール停車場の近くにあるローム通りだった。

孝介は、硝子扉に「サツキ」と書かれた店の前で足を止めた。

「お前はここで働くはずだったんだな」

晴彦は黙ってうなずいた。

「大きな店だし、場所だって悪くない。——残念だったな」

何と言っていいか分からず、晴彦はうつむいた。

窓から店の中をのぞきこむと中はがらんとしていた。

椅子や卓子が店の隅に積み上げられており、その上に白い布が掛けられている。

仏蘭西人は硝子を磨き上げるのがことのほか好きらしく、通りの店の窓はどれも曇りなく輝いている。

それだけに窓硝子の汚れたこの店は余計に寒々しく見えた。

「大家も手をつけかねているらしいな」

孝介がひとりごちた。

孝介は晴彦の最初の雇い主である鈴木の行方を気にかけていた。

晴彦が一座で働くことになったのは窮余の一策であり、鈴木が姿を消したとはいえ、彼との契約はまだ生きているし、そちらが優先されて然《しか》るべきと考えているのだった。

理路整然とそう言った孝介を見て、座長が晴彦に耳打ちした。

「お前がいつ出ていってもいいように、ああして心に予防線を張っているんだ。お前を手放すのが惜しいのさ」

そう言ってにやっと笑った座長を、孝介は嫌な顔で睨んだものだった。

「こっちにいろいろとあるぞ」

はっとして、孝介の指差したほうを見れば、取り外された看板が店の前の壁に立てかけられており、その中に額縁に収められた写真や安物の絵が交じっていた。

孝介はその中の一枚を拾い上げた。

背の高い日本人男性と小柄な仏蘭西人女性が並んで写っている写真である。

「これが鈴木という男か」

「ええ」

晴彦はうなずいた。

「結構、いい男じゃないか」

「はい」

「で、隣が手代と駆け落ちしたマダムか」

知っていることになっているものの、実際は見知らぬ男女二人の顔だった。

「それにしても、何が楽しくて写真なんか撮らせるんだろうな。しかもそれを自分の店に飾っておくとは」

「孝介さんはお撮りにならないんですか」

「俺が？　馬鹿言え。自分の姿など残しておく必要はない」

皆で記念写真を撮るときも決して一緒に写らないそうで、「あいつは協調性がない」と、やはり協調性がなさそうな座長が嘆いていたのを覚えている。

孝介が写真を元に戻したとき、ふいに声をかけられた。

「ちょっと、あんたたち。この店と関係があるのかい」

振り返ると、痩せぎすのマダムが腰に手を当てて二人を見上げていた。

孝介が慇懃《いんぎん》に挨拶して答えた。

「関係がある――」

というよりは関係を断たれたのだ、と孝介は言いたかったらしいが、マダムは最後まで聞かなかった。

「お代はきっちり払ってもらいますよ。あんた、ねえ、あんた」

マダムが隣の建物に向かって大声を上げた。

看板を読むと「セザール写真館」とあり、中からやはり痩せた男が姿を見せた。

「あんた、例の写真を持ってきてちょうだい。この店の主人を撮った写真だよ。ほら、スズキって男さ。代金も支払わずに姿を消しただろう？　この二人は主人の知り人だよ。逃がしてなるものかね」

違うと言う隙もなく、孝介は写真の入った袋を押しつけられた。

言われるがままに代金を支払うと、打って変わってマダムの愛想が良くなる。

「女優さんの写真が多いですね」

通りに面した写真館の陳列窓を眺めながら、孝介が言った。

「うちの人は腕が良くってね。三割増し綺麗に撮れますよ」

華やかな衣装を身につけた女優たちは思い思いの姿勢で写真に収まっていた。

宝石が埋めこまれた蛇の腕輪や何重にも巻きつけられた真珠の首飾りなど、一財産になりそうな装飾品は、誰それからの贈り物で、何十万フランくらいだろう、とマダムはさすがに詳しかった。

「今度は写真を撮りにきてくださいよ」

マダムの笑顔に見送られて、二人は通りを後にした。

「野郎の写真じゃ、部屋に飾るにも華がないな」

孝介が袋を胸の隠しに押しこんだ。

「申し訳ありません。代金は後でお返ししますので」

「馬鹿を言うな。お前が悪いわけじゃない」

それでも顔を強張《こわば》らせている晴彦を見て、孝介が何かを思いついたように「そうだ」と声を上げた。

「あれはこの近くだったな。——お前に面白いものを見せてやる」

そう言って孝介が晴彦を連れてきたのは、サン・ラザール駅を挟んで反対側の一角だった。

すぐそばに賑やかな停車場があるとは思えぬくらい、辺りの雰囲気は落ち着いている。

巡回中とおぼしき粋《いき》な警察官がパン屋の若いマダムとのんびり無駄話をしている他は人影もない。

孝介が「ここだ」と言って足を止めた。

四階建ての建物で、細長い窓にはそれぞれ唐草模様をあしらった面格子が取りつけられている。

「ここの四階にある部屋だ。巴里の呼び方にならえば三階ということになるが」

巴里における階の数え方は日本とは違っていて、日本の二階が巴里では一階になり、一番下の階は地上階と呼ばれていた。

二人は建物の中央にある背の高い門から中に入った。

正面奥にもうひとつ、外門より一回り小さな門が見える。

すぐ右手の門番部屋に人の気配はなく、扉を叩いても応答はなかった。

「十一時か。昼飯にはまだ早いようだが」

「出直しましょうか」

「いや、問題ない」

孝介がおもむろに門番部屋の前の石畳のひとつを引っくり返すと、その下に二本の鍵が隠されていた。

「大家がふらりと立ち寄ったりするそうでな。だが、門番が席を外していることもあるから、こうして予備の鍵を隠しているのだと聞いた」

そう言って孝介が鍵を拾い上げた。

「こっちが三階の部屋の鍵で、もうひとつが内門の鍵だ」

外門の鍵は重くて扱いづらいため、日中は内門だけ鍵をかけておくのだという。

「使ってもいいいんですか」

「座長のおかげで俺たちは木戸御免だ。ここに鍵があることは家主から直接聞いたし、門番もそれを知っている」

やはりここでも那須一座の威光が物を言っているらしい。

「門番もしばらくすれば戻ってくるだろうから、そのときに挨拶しよう」

孝介は内門の鍵を外して中に入ると、再び鍵を閉め直した。

通りに面して細長い建物であるせいか、両端に階段があるのが見える。

孝介が右手の螺旋《らせん》階段を上り始めたので、晴彦も慌てて後に続いた。

足元からはぎしっ、みしっと木のきしむ音が聞こえる。

くるくると伸びる急な階段を上っていると目がくらみそうになったが、晴彦は螺旋階段の持つ柔らかな曲線が好きだった。

「お知り合いのお宅ですか」

「家と呼べるかどうか分からないがな。とにかくかなり変わっている」

「孝介さんのまわりには変わった人が多いですねえ」

「お前が筆頭だ」

三階に着くと、何と廊下には扉が七つもあった。

「この階に七つも部屋があるんですか」

驚いた晴彦に、孝介がふっと笑って言った。

「どの階も、二間の部屋が二つずつだが――」

よく見ろ、と言われて扉のひとつに顔を近づけた晴彦は思わず声を上げた。

「これ――絵ですか」

恐る恐る手を伸ばすと、手のひらに冷たく固い感触があった。

実際に触れなければ、にわかには信じられないほど本物らしく描いてある。

奥のほうにある扉から子どもが顔をのぞかせていたので手を振ったのだが、微動だにしなかったのも当然で、恥ずかしがり屋以前に、人形を抱いたその子もまた絵だった。

晴彦はひとつひとつ確かめてみたが、本物は左右両端にある階段前の二つだけだった。

「驚くのはまだ早いぞ」

そう言うと、孝介は本物の扉の鍵穴に鍵を差しこんだ。

「先に入れ」

孝介の言葉に促されて、部屋の中に一歩足を踏み入れた孝介は言葉を失った。

外の様子から予想はしていたが、それ以上である。

たった二間の部屋が別世界に通じていた。

面格子が取りつけられた本物の窓からは、秋の巴里の空が見えているが、その隙間を埋めるようにして描かれた窓は、仏蘭西の田園風景に向かって開かれていた。

揺れる木の枝をじっと見ていると、幻想の風が耳元を吹き抜けていく。

街並のほうが、窓枠という額縁に入れられた絵なのではないか——そんな気さえしてくる。

続きの間も圧巻だった。

ぎっしりと壁を埋め尽くす本棚の隣に古い楽器が置かれており、隣の間に続く若草色の扉の脇には台所道具が並んでいる。

低い棚には白いおおいのかけられたパンや葡萄酒が見えていた。

見上げれば蠟燭《ろうそく》の照明がきらめいており、足元には猫が気持よさそうに伸びていた。

「全部、絵なんですね」

思わず感嘆のため息が洩れる。

「壁の衣装戸棚とこの戸棚、それからお前の脇にある卓子は本物だ。画布代わりに置いてあるそうだが——」

孝介が小ぶりな戸棚を爪ではじいた。

「ここまでくるとすべて絵に見えてくるな」

引き出しのついた卓子自体は本物だったが、その上に置かれている紙幣や羽根ペンといった小物はすべて絵だった。

「隣の部屋もいずれこうなるそうだ」

そう言って孝介が若草色の扉を開いた。

てっきりこの扉も絵だろうと思っていたので、晴彦は驚いた。

まるで、絵が本物になるという魔術を目の前で見せられたような気持になる。

「中で隣の部屋に続いているんですか」

「貸間《アパルトマン》として貸し出すときは、この扉をふさいでいるそうだ。部屋数を増やしたほうが、賃料が多く取れるからな。ただ、親しい友人同士が隣あって住むような場合は、そのままにしているという話だが」

隣の部屋の中をのぞきこむと、いくつかの椅子が置かれているだけの簡素な部屋で、片隅には絵の道具が立てかけてあった。

「今は物置きだ」

「いつか、こんな部屋が四つ並ぶわけですか。想像するだけで目眩《めまい》がしますね」

当地での美術品は、遠くから見ると豪華で立派だが、そばで見ると荒削りでやや繊細さに欠けると思っていただけに、この緻密さはよけいに驚きだった。

「トロンプ・ルイユ。だまし絵のことだ」

　孝介が言った。

「この部屋はオペラ座の舞台美術をやっている男が作った。本物そっくりに描くのが好きで、とうとう部屋すべてをトロンプ・ルイユで埋め尽くした」

「写真のある時代に、どうしてこんな――」

　晴彦の声に呆れと感心が交じる。

「自分の手で描くのがいいと言っていたな」

「面倒じゃないんでしょうか」

「描いている最中に、偽物であるはずの絵が一瞬だけ、本物になったような感覚を覚えるときがあるんだそうだ。それを味わいたくて描き続けているそうだが、ま、芸術家の考えることだからな。凡人には分からないさ」

　舞台美術家はルネ・ガルニエといった。

　奇《く》しくもオペラ座の設計者と同じ名である。

　まだ三十代と若いが、腕前は折り紙つきである。

　そのガルニエから、那須一座の舞台背景を作ってくれていた工房を通じて、一座で使用している傘を借り受けたいという申し出があった。

もちろん描くためで、変人好きの座長は大切な傘だというのにそれを快諾し、ガルニエとはそれ以来のつきあいだという。

おかげで一座の舞台は格段に見栄えが良くなり、欧州における名声に一役買うことになった。

「この部屋は知る人ぞ知る、巴里の隠れた名所になっている。入場料は取らないが、部屋の鍵を開けてもらうために門番にチップを払う」

晴彦はふと、書棚に置かれた——ように見える読みさしの新聞に目を留めた。

「どうした」

「いえ、この新聞の日付がずいぶん新しいなと思って」

「ああ」

孝介が晴彦の脇からのぞきこんだ。

「この部屋は少しずつ変化しているんだ。ガルニエ氏がいまだに手を加え続けているからな。死ぬまでやめないだろう」

晴彦は腹の底からため息をついた。

描こうとする執念に、螺旋階段を永遠に上り続けているような強い目眩を覚える。

晴彦はふと、ガルニエという男の姿を想像してみた。

がっしりとした体つきだが、筆を扱う手は意外と繊細なのかもしれない。

そしてひげ面で不敵な面構え、唸るような声で話をする、そんな頑固一徹の職人が思い浮かんだ。

「この部屋には面白い話があってな――」

孝介が窓掛の隅を指差した。

「そら。子猫が見えるだろう？」

真っ白で、首に鮮やかな青いリボンを巻いており、今にも鳴き出しそうな表情でこちらを見つめている。

「あれは本物の子猫が壁の中に閉じこめられているのだそうだ」

「まさか」

「一年前のことだ。近所に住む老婦人の飼い猫が行方不明になった。名前はブランシュ。青いリボンがお気に入りだった」

愛猫を捜してこの貸間《アパルトマン》までやって来た老婦人は、壁の子猫を見て泣き崩れた。

――私のブランシュはトロンプ・ルイユの魔術に取りこまれてしまった。

「ガルニエさんが、その子猫をモデルにして描いただけでしょう?」

「ガルニエ氏は否定している。それに、そんな子猫を描いた覚えはないそうだ」

晴彦は背筋がひやりとした。

そんな晴彦に構わず孝介が続ける。

「ガルニエ氏には、この建物の大家の他にも贔屓筋が大勢いる。芸術の都ならではというところだろうが、何であれ、腕が良ければまわりが放っておかないということだ」

「那須一座と同じですね」

「そういうことだ」

ガルニエ氏の贔屓筋は、定期的に集まっては氏を囲んで食事会を開いていた。

顔ぶれは多彩で、銀行家やデパートの経営者もいれば、猛獣狩りで名を馳せた探検家までいる。

その中に新聞社主の男がいた。

「あるとき、アペリティフを飲みながら消えた子猫の話を聞いて、男は早速、自分の新聞で取り上げた」

記事曰《いわ》く、本物そっくりに描かれた部屋を見ていると、何が本当で、何が嘘なのか分からなくなってくる。

この部屋に足を踏み入れた者は、現実と虚構の境目で踏み迷い、ついにはこの世への帰り道を見失って、描かれた絵の中から戻ってくることができなくなるのだ——と。

ガルニエの腕を賞賛せんがための記事だったが、当然と言おうか、一般的には怪談として受け取られてしまった。

「その後も、この界隈では何かがなくなったといっては、この部屋に描かれている物とそっくりだ、あんな物はこの間までなかったというような話が後を絶たない。この貸間《アパルトマン》には近づかないようにと子どもに言い聞かせている母親もいると聞く。ガルニエ氏は馬鹿げた話だといって一顧だにしないが、ここの住人でさえ、気味悪がって近づかない者もいるそうだ」

晴彦は改めて部屋の中に目をやった。

確かにこの完璧に作られた嘘の中では、何が起きても不思議ではないという気がしてくる。

「孝介さんは、どうお考えですか」

孝介が口の端を歪めるようにして笑った。

「誰も皆、嘘が本当だったらと願っているのさ。あってほしいと願うものがあるはずだと信じこんでいる。だから騙されるんだ」

ふいに晴彦は、胸に鋭い痛みを感じた。

孝介は、少しずつだが晴彦を信頼してくれるようになっている。

しかしその晴彦は、まさに絵そのもの——偽物なのだ。

「どうした、ハル」

何も、と言って晴彦は無理に笑顔を作った。

裏切っているのに嫌われたくないなどと思う自分に嫌気がさした。


たっぷり一時間も鑑賞した後、二人はトロンプ・ルイユの部屋を出た。

孝介は部屋の鍵を閉めると胸の隠しに入れた。

「ガルニエ氏はここの一階に住んでいる」

階段を下りながら孝介が言った。

「ご挨拶しなくていいんですか」

「最近は忙しいらしいんだ。迷惑になる」

孝介の話によると、この建物にはいくつかの貸間《アパルトマン》があるが、どれも舞台関係者が住んでいるという。

大家が舞台好きだからか、先の入居者が同じ職場の人間に紹介したからなのか、自然と集まってきたらしい。

最上階の部屋は大家の私室だったが、ガルニエの腕に惚れこんで、好きに描いてくれと白紙委任を与えた結果、美術館まがいの部屋ができあがった。

「あまりに緻密すぎて、そこまでやらなくてもと陰口をたたく連中もいるそうだが、氏はどこ吹く風だ」

二人が地上階まで下りてくると、内門が開いているのが見えた。

「門番が戻ってきたようだな」

孝介がそう言ったとき、着古しすぎて色が変わったようなフロックコートを着た大柄な男が、足早に晴彦たちを追い越していった。

ずいぶんきつい目つきだな、と晴彦は見るともなしに男の背中を見送った。

「何をしてるんだね、あんたたち」

ふいに声がして、見れば門番部屋の中から、栗色の髪をした背の低い男が顔を出していた。

「ボンジュール、ムッシュウ・ビュケ」

孝介が帽子を取って挨拶すると、ビュケが笑顔を見せた。

「ああ、あんたでしたか」

「ご無沙汰しております」

「この間は招待券を融通してもらって助かりましたよ。うちのおふくろなんて六十を過ぎてるっていうのに、娘みたいに喜んでましてね」

「そう言っていただけて嬉しいです」

「今日はどうしたんですか」

「三階の部屋を見にいってきました。ビュケさんが席を外していらっしゃったので、先日教えていただいた石畳の下の鍵をお借りしたのですが」

孝介がそう言うとビュケの顔が曇った。

「それは弱りましたね。今の時間帯は、三階に誰も入れないよう言われてるんですよ」

ちょうどそのときだった。

ばたんと何か重い物の落ちる音が聞こえた。

三人が揃って天井を見上げたのと、叫び声が響き渡るのは同時だった。

「畜生！」

「今の声は一階のクレマンさんですよ」

ビュケがそう言った直後に金髪の男が地上階へ駆け下りてきた。

「クレマンさん、どうし――」

「おい、あんたたち」

訊ねようとしたビュケに最後まで言わせず、クレマンと呼ばれた男はつかみかからんばかりにして言った。

「盗まれた！　十万フランだ！」

「何ですって」

ビュケが悲鳴のような声を上げた。

「たった今だ。部屋から逃げていった」

焦りのためか、クレマンの声はかすれている。

「誰か下に逃げてこなかったか」

「ノン」

「それなら上に逃げたな。馬鹿め、袋の鼠だ」

クレマンは廊下に置いてあった火かき棒をわしづかみにすると、階段を駆け上がっていった。

「十万フランだって？　何だってそんな大金」

ビュケはどうしていいか分からないらしく右往左往している。

クレマンの後に続こうとした晴彦を孝介が止めた。

「俺が行く。お前はビュケさんと門の前で見張っていてくれ」

「ですが」

「クレマンという男の言う通りなら、賊はまだこの建物の中から外には出ていないはずだ」

晴彦は渋々うなずいた。

「分かりました」

「あの男、ガルニエ氏の部屋で何度か見かけたことがある。知人だとすると、捨ておけないな。ガルニエ氏には恩義がある」

そう言って孝介は駆け出そうとしたが、ふいに足を止めて振り返った。

「犯人は危険な奴かもしれない。お前なら大丈夫だろうが無茶はするな」

「孝介さんこそ」

二人は目でうなずきあうと、それぞれ階の上下に別れた。

動転しているビュケをなだめながら椅子に座らせると、晴彦は門の前に陣取った。

上からは、乱暴な足音に交じってクレマンの声が聞こえてくる。

「一階はいいんだ。あんた、上を見てくれ」

どこかの部屋に潜んだ賊が孝介に危害を加えるのではと思うと、今にも駆け出しそうになるが、何とか思いとどまった。

孝介の判断に間違いはないだろうし、晴彦はその指示に従うだけである。

それに孝介は物静かだが腕っぷしは強い。

いつだったか、「口で言っても分からない連中もいるんでな」と、さり気なく恐ろしい台詞を言っていたのを聞いたこともある。

晴彦は無理に気持を落ち着けると、階段を上り下りしながら目にした、この建物の構造を思い浮かべた。

階は四つ。

それぞれの階に扉が二つ見えたので、孝介の説明通り、ひとつの階に貸間《アパルトマン》は二つある。

地上階部分は、外門を背にして右側が門番の部屋で、左側は貸間《アパルトマン》になっているようだが、扉の取っ手にかけられた札を見ると空き部屋であることが分かる。

最上階の三階は、実際は中の扉で行き来できるひと続きの部屋になっているが、片方は物置き、片方はトロンプ・ルイユで装飾されており住人はいない。

さいころを積み上げたような単純な造りだった。

次に移動経路だが、階段は左右両端にあり、どちらを使ってもすべての部屋に行くことができるが、建物を出るためには、今、晴彦が立っている門を使うしかない。

各貸間《アパルトマン》の窓にはすべて面格子が取りつけられており、それを破るのには骨が折れそうだし、何よりそんなことをしたら大きな音がするに決まっている。

廊下には窓がなく、天井近くに小さな明かり取りがついていて、隣の建物の壁が見えていた。

晴彦はビュケに訊ねた。

「裏の建物は何ですか」

「金のない芸術家のための貸間《アパルトマン》ですよ。富くじで建てたと聞いてます。当たっていても取りにこなくて、宙に浮いてしまう金が毎回出るそうでね」

「勿体ない話ですね」

「当選番号が発表されてから、半年経っても取りに来ないような当たり券は、まずそのまま無効になってしまうそうですよ」

話をしていると落ち着くのか、ビュケは詳しく教えてくれた。

だが、明かり取りのすぐ外が壁では出入りできそうにない。

つい先ほど犯行が行われたのだとすれば、門の前には晴彦たちがいたのだから、賊はまだこの中にいるのだ。

晴彦は頭の上から何か暗く重苦しいものがおおいかぶさってくるような気がした。

「どうだ、誰か来なかったか」

せいぜい十分というところだろう。

再びクレマンが足音も荒く地上階へ戻ってきた。

続いて孝介が辺りを確認するようにゆっくりと階段を下りてくる。

クレマンの目はぎらぎらと血走っていた。

「いえ、誰も」

「そんなわけあるか」

クレマンが晴彦の胸倉をつかんだ。

「どこにも怪しい奴がいないんだよ。一階には俺とルネがいたし、二階はどっちの部屋も留守だった。あの薄気味悪い三階の部屋も鍵がかかってた。もちろん手洗いの中も全部見た。ここ以外のどこから逃げたっていうんだ」

晴彦は思わず孝介の顔を見たが、孝介もそれを裏書きするようにうなずいた。

「ですが、本当に誰も通りませんでしたよ」

「それじゃ隠し部屋でもあるっていうのか」

「あるんですか」

晴彦は横目でビュケに訊ねた。

ビュケが盛大に手を振った。

「そんなもの、ありゃしませんよ。小説じゃあるまいし」

「それは残念」

とぼけた態度の晴彦に苛立ったのか、クレマンが手に力をこめた。

「いいか、嘘をついたらただじゃおかないぞ。まさかあんたたち、泥棒野郎とぐるなんじゃないだろうな」

晴彦は胸をそらすと、目に力をこめて男を見下ろした。

「俺には構いませんが、そちらの紳士に失礼なことを言わないでください」

「何だと」

これは殴られるなと思ったそのとき、鋭い声が上がった。

「やめろ、ジェラール」

声のしたほうを見れば、つるりとした顔の男が、左腕を押さえながら階段の手すりに寄りかかっていた。

ビュケの口から悲鳴が上がる。

男の腕に血がにじんでいた。

「どうされたんですか、ムッシュウ・ガルニエ」

孝介が駆け寄った。

「倒れたときに少し切っただけです」

「すぐ医者に」

「必要ありません。この程度の怪我なら日常茶飯事です。舞台の裏方なんて毎日、戦場の最前線にいるようなものですから」

これがガルニエか、と晴彦は内心驚いた。

眼光鋭い、岩のような大男を想像していたのだが、あにはからんや、おっとりとした雰囲気で学生に見えるくらいである。

ルネ・ガルニエは支えようとする孝介の手を柔らかく押し返すと、ジェラール・クレマンに向き直った。

「こちらは那須一座の方だ。――貴方もそうですね」

ガルニエに問いかけられて晴彦はうなずいた。

「一座の評判はお前も知っているだろう、ジェラール。盗みなんて働くわけがないよ」

「どうだかな。国で食い詰めた出稼ぎ者に変わりはないだろう」

口ではそう言ったものの、クレマンは晴彦から手を離した。

「お二人とも申し訳ありません」

謝るガルニエを制して、孝介は部屋に連れていこうとした。

「そんなことは結構ですから手当をしましょう。それから警察を」

「やめろ、呼ぶな」

クレマンが叫んだ。

「警察なんか当てにならない。あいつらときた日には、弱い者苛《いじ》めをすることしか考えちゃいないんだ。賊は必ず俺が捕まえてやる」

孝介は確認を取るようにガルニエを振り返ったが、彼もまた、ためらうようにうなずいて言った。

「犯人はこの建物に関係のある人間かもしれません。もしそうなら、事を荒立てたくは……」

見た目通りというのか、仏蘭西人とは思えぬくらいの控え目さに、晴彦は今日何度目かの驚きを覚えた。

分かりました、と孝介は再びガルニエの腕を取った。

「とにかく部屋で手当を。貴方に何かあったら、仏蘭西美術界の損失です」

「おい、待てよ。あんたたちの言うことを信用するなら、賊はまだこの建物にいることになるんだぞ。この隙に逃げたらどうするんだ」

「だったら貴方がここで見張っていたらいいでしょう」

そう言った晴彦をクレマンが睨んだ。

「冗談じゃない。俺ひとりでどうしろっていうんだ」

「火かき棒で応戦なさっては」

「俺は俳優なんだぞ。そんな荒っぽい真似ができるか。ビュケのじいさんじゃ頼りにならないし、もし俺が怪我でもしたらどうしてくれる」

晴彦は呆れた。

ついさっきまでは火かき棒を片手に走り回っていたのに、今は実際に怪我をしているガルニエをよそに自分の身の心配ばかりしている。

その上、自分の力で賊を捕えると言いながら、疑いをかけた晴彦たちに見張りを手伝えと言わんばかりだ。

美男といっていい顔立ちだが、貧しく年を重ねてきたのか、どうにもだらしない印象を受けた。

だが、ガルニエは「確かに」とうなずいた。

「ビュケさんの部屋をお借りしましょう。そうすれば門を見張ることもできますから」

五人の男が中に入ると、部屋の中はいっぱいになった。

掃除道具が押しこんである戸棚から救急道具の入った箱を見つけ出すと、ガルニエは慣れた手つきで手当を始めた。

クレマンは開け放った扉の前を行ったり来たりしながら、しきりに周囲を見回している。

「おい。まだか、ルネ」

「もう少しだ」

「賊が逃げる」

「逃げられませんよ」

孝介が射すような眼差《まなざし》でクレマンを見た。

「この建物の構造はご存知でしょう」

そう言って孝介は、晴彦がさっき門の前で見張っていたときに頭の中でおさらいしたのと同じことを言った。

「逃げるとしたら、この門以外ありえません」

「この部屋にも賊が隠れる場所はなさそうですね」

念のため、と晴彦はビュケの許可を取って隣の部屋を開けてみたが、人が隠れることができそうな場所はなかった。

ですから、と孝介は続けた。

「論理的に考えて、賊はまだこの建物の中にいるんです。変幻自在の幽霊《ファントム》でもない限りはね」

「馬鹿なことを言うな」

クレマンが机を蹴った。

「こんな場所で油を売っている間に、賊に逃げられたら、あんたたちに弁償してもらうぞ。那須一座ってのは大当たりを取ってるんだろう？　十万フランくらい、はした金だろうからな」

孝介が皮肉そうに口元を歪めた。

「クレマンさんはずいぶん売れっ子の俳優なのですね。寡聞にしてお名前を存じ上げませんでしたが」

嫌な野郎だ、とクレマンが吐き捨てるように言った。

そしてしばらくの間ためらっていたが、やがて誰かの耳に入ることを恐れるように小声で続けた。

「富くじに当たったんだ」

ほほう、とビュケが状況も忘れて声を上げた。

「ジェラールは今朝、銀行で引き換えてきたばかりだったんです」

ガルニエがそっと言い添えた。

晴彦はまじまじとクレマンを見つめた。

富くじといえば、時おり新聞に当選番号が載っているのを見かけるが、まさか本当に当たる人間がいるとは思わなかった。

しかもこんな人間にすら当たるのだから、くじ運とは誠に公平と言わねばなるまい。

孝介が訊ねた。

「そのことは誰かにお話しになりましたか」

「言うわけがない。俺のまわりの奴らなんて信用できるか」

クレマンは言下に否定したが、ガルニエを見て口調を和らげた。

「いや、ルネは別だ。いつだって俺の味方だった」

「そうだね、ジェラール」

手当を終えたガルニエが微笑んだ。

「よし、もう一度捜しに行こう。ルネ、お前も来い」

そう言って飛び出そうとするクレマンを孝介が引き止めた。

「待ってください。その富くじが盗まれた際の経緯を教えていただけませんか」

「聞いてどうする。上を徹底的に捜せばいいだけの話だ」

クレマンは、ビュケが止めるのも聞かず、引き出しの中から引っ張り出した鍵束をじゃらじゃらいわせた。

「賊は合鍵を持っていたのかもしれない。三階の部屋を開けてみよう」

無駄とは思いながら晴彦は言ってみた。

「賊はどうやって合鍵を手に入れたんですか」

「そんなこと俺が知るか」

「そもそも勝手に他人の部屋に入っていいんですか」

「俺の十万フランがかかってるんだ」

一字一句予想通りの答えが返ってきた。

「賊は袋の鼠です」

孝介が天井を見上げながら言った。

「不法侵入で訴えられる危険を冒す前に、話を整理してから捜しにいっても遅くはないでしょう」

「ふん、探偵気取りか」

「ガルニエさんを傷つけた犯人を捕まえたいだけです」

静かにそう言った孝介に、クレマンが嫌な笑みを浮かべた。

「そこまで言うなら聞かせてやってもいい。だが、俺の金が見つからなかったら弁償してもらうからな。賊を捕まえる機会を失わせた責任を取れ」

「それでは、もし十万フランが見つかったら探偵としての顧問料をいただきましょう。一割で結構です」

「何だと。勝手に首を突っこんできたのはそっちだろう」

「私も忙しい身でしてね。次の予定も詰まっていますから、ここにずっといるわけにはいかないんです。探偵気取りの素人が気に入らないなら、今すぐここを出て警察に連絡したほうが、手っ取り早くていいと思いますよ」

「御免だと言ってるだろう」

「何、最近の警察は案外、親切だと聞きます。貴方は間違いなく善良な巴里市民でしょうが、不運にして何か嫌な思い出をお持ちなのだとしても、必ずやそれを良いほうに上書きしてくれるでしょう」

言いがかりをつけるクレマンに対して、孝介もまったく引けを取っておらず、おまけに嫌味まで浴びせかけ、こんな状況だというのに晴彦は素直に感心した。

睨みあった孝介とクレマンの間にガルニエが割って入った。

「二人とも、もういいでしょう。賊はこの建物の中から逃げられないんです。もしかしたら今頃、自分の非を悟って改悛《かいしゅん》しているか、もしくは逃げられないと分かって大人しく下りてくるかもしれません」

「そうか、そうだよな」

そんな馬鹿なことが、と晴彦は思ったが、現金なものでクレマンはころりと態度を変えた。

「何でも聞けよ」

椅子にどっかと腰かけたクレマンと隣で壁に寄りかかっているガルニエ、その二人の前に孝介が座った。

ビュケと晴彦は扉の前に立って見張り番である。

「まず、当選金を持って帰ってきたところから教えてください」

孝介が言うと、クレマンが口を開いた。

「引き換え期限ぎりぎりだったから、朝一番で胴元の銀行に行ったんだ。夜はルネと豪勢な夕飯を食う約束をしてな」

「もっと余裕を持って引き換えに行かれては？」

「昨日、気づいたんだよ」

孝介の嫌味に、クレマンが不貞腐れたように答えた。

身分証明だの何だのと手続きに時間がかかって、クレマンが貸間《アパルトマン》に戻ってきたのは十一時になろうとする頃だった。

封筒に入れた千フラン札百枚を胸の隠しに押しこんで、クレマンが意気揚々と戻ってくると、階段の下にガルニエが立っていた。

何だ、と声をかけようとしたが、しっと口元に指を当てたガルニエが言うことには、クレマンの部屋の中で借金取りが待っているという。

さすがと言うべきか、借金取りはガルニエの部屋とクレマンの部屋の間に扉があり、それがふさがれていないということを知っていた。

そして制止するのも聞かず、ガルニエの部屋からクレマンの部屋へと入ってしまったらしい。

クレマンが舌打ちした。

「まったく、たかだか数千フランの借金で、いちいち部屋にまで押しかけてくることはないだろう」

晴彦は思わず言った。

「借金取りなんて何人来ようと平気でしょう。貴方は十万フランもお持ちだったんですから」

「馬鹿言うな。金なんか返したら俺の金が減る」

だが実際問題として、いくらかの金を返さなければ借金取りは帰ってくれそうになかった。

「それで両替することにしたんだ。千フラン札なんか渡したら、金回りがいいと思われるからな」

クレマンは千フラン札を一枚抜き取ると、残りは「番号を控えておいてくれ」とガルニエに預けた。

「どうして紙幣の番号を控えておくのですか」

孝介が訊ねると、クレマンがおおげさに天を仰いだ。

「あんたは何も知らないんだな。高額紙幣を手にしたら、すぐに番号を書き留めておくのが常識ってもんさ」

そう言ってクレマンが胸の隠しから折り畳んだ一枚の紙片を取り出してひらひらとさせた。

「そうしておけば、盗まれたとしても捜す手掛かりになるし、見つかったときには自分の金だって証明にもなる。なあ、ルネ」

クレマンが同意を求めるようにガルニエの肩を叩いた。

孝介が口の端を吊り上げた。

「大変勉強になりました。それにしてもクレマンさんは、高額紙幣を持ち慣れていらっしゃるのですね。部屋に戻られて、いの一番にそのことを実行なさるのですから」

「あんた、本当に口の悪い奴だな」

「パリジャンにそう言っていただけるとは光栄の極みです」

クレマンは不愉快そうに顔をしかめたが、ガルニエになだめられて再び話し始めた。

「ええと、それでだ。銀行に行こうとしたんだが、この近くにはないんだ」

面倒だし、このまま千フラン札を渡してしまおうかとクレマンが迷っていると、「門番に頼めばいい」とガルニエが知恵を貸してくれた。

そうっと部屋を抜け出し、門番のビュケに気前よくチップをやって、クレマンは再び部屋に戻ると、ガルニエと一緒に番号を控え始めたが、思いのほか時間がかかり、ビュケが両替した金を持って戻ってきてもまだ終わらなかった。

クレマンは残りをガルニエに頼むと、さも今帰ってきましたという顔で廊下に面した扉から自分の部屋に戻った。

そして口八丁で借金取りをはぐらかし、「今はこれだけ」と金を押しつけて、どうにかこうにかお引き取り願った。

「利息でたっぷり儲けてやがるくせに、すり切れたフロックなんか着てるんだからな。

たいした吝嗇《けち》だぜ」

あの男か、と晴彦は合点した。

国の東西を問わず、金貸しというものは似たような目つきになるようである。

借金取りを追い払った後、通りに消えていくその背中に悪態をつきながら、クレマンは早速、鎧戸《よろいど》を下ろそうとした。

孝介が眉を上げた。

「あんた、また『どうして』って聞く気だろ」

「ご推察通りです、クレマンさん。どうして鎧戸を？」

日が暮れるには早いし、日射しが強い季節でもない。

「誰かにのぞかれてるんじゃないかって、ルネが言ったんだよ」

ガルニエが硬い表情で口を開いた。

「借金取りがちょうどよくやって来たのが、どうにも解せなくて。十万フランといえば大金ですから、私も疑心暗鬼になっているのかもしれませんが……」

もしや何者かが、向かいの建物や通りの角からクレマンの部屋の様子を見張っているのではないか。

ガルニエの不安そうな口ぶりに、クレマンは借金取りが出ていった後すぐ鎧戸を下ろしにかかったというわけである。

「それだってのに、鎧戸の奴、何かに引っかかって動きやしないんだ。まったく、このおんぼろ貸間《アパルトマン》め。役立たずのくせに、家賃だけはいっぱしなんだからな。窓から乗り出して危うく下に落ちそうになったぜ」

ビュケが心外そうに言った。

「鎧戸はこの間、修繕したばかりです。ずいぶん音が小さくなったはずですよ」

「はん。手抜きされたんだろうさ」

そうやってクレマンが鎧戸と悪戦苦闘している最中のことだった。

「隣からばたんって音が聞こえて、俺はすぐにルネの部屋に飛びこんだんだ。何しろ十万フランを預けてあるんだからな。何かまずいことが起きたって、ぴんと来たのさ」

クレマンの予想は的中した。

大きなイーゼルが倒れており、そのかたわらでガルニエが頭を押さえながらうずくまっていた。

「金はどうした」

叫んで、クレマンは卓子に駆け寄った。

封筒は消えていた。

「今、誰かが後ろから……」

ガルニエは苦しそうな声でそう言うと気を失った。

部屋の扉は大きく開け放たれており、そこから薄暗い階段が見えていた。

クレマンが「畜生」と叫んだのはその直後である。

「鍵をかけていれば良かったんですが……」

ガルニエが左腕をさすりながら言った。

「隣の様子が心配で、扉を細く開けておいたんです」

そのガルニエの配慮が仇《あだ》となった。

賊は廊下側の扉から難なく侵入するとガルニエの頭を殴り、千フラン札の入った封筒を奪って逃走した。

「賊の姿はご覧になりましたか」

孝介が訊ねたが、ガルニエは申し訳なさそうに首を振った。

「イーゼルに向かっていたんです。扉には背を向けていました」

「何か物音などは」

「覚えていません。ここの床は古くて、歩くとかなり音が響くはずなのですが……」

次に孝介はビュケに向き直った。

「二点教えていただきたいことがあります」

「えっ、ええ」

突然、話を振られて驚いたのか、ビュケがくがくとうなずいた。

「二階の二つの貸間《アパルトマン》には鍵がかかっていてお留守のようでしたが、いつから外出なさっているのでしょうか」

「はっきりとしたことは分かりません。私がいないときに出入りしたかもしれませんので。ただ、少なくとも今日はまだお見かけしていないですよ」

なるほど、と言って孝介が続けて訊ねた。

「ビュケさんは先ほど私たちが下りてきたときに、三階の部屋に誰も入れるなと言われたとおっしゃっていましたね」

「ガルニエさんから頼まれているんですよ。お昼前後の時間帯は、誰かが三階を見せてくれと言ってきても断ってほしいとね。手洗いに立つときも、ちゃんと内門に鍵をかけていますよ」

「手直ししたいところがあるんですが、他に時間が取れなくて。そばに人がいると気が散ってしまうものですから」

ガルニエの答えに孝介が驚いた表情を見せた。

「人前でお描きになっていらっしゃるのを、何度かお見かけしましたが……」

「結構、無理をしています。贔屓の方々の希望を無下には断れませんので」

苦笑いを浮かべたガルニエに、晴彦は心の中で同情した。

広い意味でどちらも人気商売なだけに、その辺りの事情はよく分かる。

ビュケが言いにくそうに口を開いた。

「借金取りの方には、そのう、クレマンさんはお留守だと言ったんですが……」

そうですかと素直に帰るわけもなく、ビュケに内門の鍵を開けさせて一階に上がってしまった。

とはいえ、ガルニエからは「三階に通すな」と頼まれていたのだから約束を破ったわけではない。

ガルニエがため息をついた。

「今日はこんなことが起きてしまって。せっかくビュケさんにお願いしているのが無駄になってしまいました」

「いい加減にしろよ、ルネ。あんな部屋、描いたって一フランの得にもならないだろ」

クレマンが忌々しそうに言った。

「君に僕の部屋が気に入ってもらえないのは残念だよ」

「気に入るとか、気に入らないとかの問題じゃないんだよ。あの部屋――どこかおかしいぜ」

「おかしいって？」

ガルニエが怪訝そうな表情を浮かべた。

「もしかしてクレマンさんは、あの部屋の怪談話を信じてらっしゃるのですか」

「馬鹿言え」

クレマンが孝介の言葉を乱暴に打ち消した。

「ただ、訳の分からないことが起きたりするだろう。――猫の話なんかな」

ガルニエが噴き出した。

「あれは誤解だよ、ジェラール。間違って記事になったんだ。僕は想像で子猫を描いただけだし、アンヌさんの飼っていた猫に似ていたのは偶然だよ」

ただ、とガルニエが続けた。

「あの青いリボンだけは描いていない。誰かがこっそり描き足したんだ」

「誰かって誰だよ」

「それは分からないけど、一度鍵を開けてもらえば、誰かが来ない限りはひとりきりになれるからね。やろうと思えば誰だってできる」

「何だってそんなことをする」

「僕も会って話を聞いてみたいね。あのリボンはなかなかうまく描けていたし、あの子猫には似合っていたから、そのままにしておいているんだよ」

リボンだけ描いていないと言ったガルニエの言葉が歪曲されて、子猫そのものを描かなかったという内容で記事になったものらしい。

「でも――もしかして、あのリボンも僕が描いたのかもしれないな」

ガルニエが宙を見つめながら言った。

「時々、あるんだよ。いつの間にか描いていたってことがね。自分では描いたつもりがないのに、気がつくと目の前に絵があるんだ。まるで誰かが僕を眠らせて、その間に僕の手を使って描いたみたいに」

「やめろよ、ルネ」

クレマンの声はどこか怯えていた。

「そんな話は聞きたくないって、いつも言ってるだろ」

「すまない、ジェラール」

「とにかく俺はあの部屋が嫌なんだよ」

「それはまあいいとして」

孝介がさらりと受け流して続けた。

「今までの話をおうかがいしていると、ずいぶんおかしなことになりますね」

「どういうことでしょう」

ガルニエが眉をひそめた。

「十万フランを盗んだ人間はどこから現れたのか、ということです」

二階の住人は留守で、建物の中には一階のガルニエとクレマンしかおらず、ガルニエに頼まれたビュケは、建物の中に誰も入れていない。

孝介は合鍵のありかを知っていたので中に入ることができたが、すぐに内門の鍵を閉めたから、やはり誰も入ることはできなかった。

「ガルニエさんが殴られたとき、借金取りは帰っていたし、クレマンさんは隣の部屋、私たちとビュケさんは門番部屋の前にいました」

孝介の説明が理解されるにつれて、室内の空気は重苦しくなっていった。

今日は誰もこの建物に入ることができなかったのだ。

それなのに十万フランが盗まれていた。

ガルニエが冗談めかして言った。

「私が殴られたふりをして盗んだというのは？」

「それはひとつの可能性ではありますが――」

「馬鹿言うな」

クレマンが孝介を遮った。

「ルネがそんな真似をするわけないだろう。腕に怪我だってしてるんだぞ」

「私はガルニエさんが犯人だと言ったわけではありませんよ」

ビュケも首を振りながら言った。

「ガルニエさんは売れっ子ですからねえ。十万フラン程度で盗みなど、とてもとても。もっといい貸間《アパルトマン》に住むこともできるのに、三階のトロンプ・ルイユから離れたくないからといって、ここを動かないんですから」

「どうしたんだい、こんな所に集まって」

ふいに声がして、見ればやけに額の広い男が門番部屋をのぞきこんでいた。

「帰ってきたのか」

ガルニエとクレマンの勢いに、男が目を丸くして言った。

「そりゃ帰ってくるよ、自分の部屋があるんだもの」

ガルニエが代表して事情を説明すると、オペラの台本作家だというセルヴェは顔を曇らせた。

「ふうん、そんなことがね。いいよ、僕の部屋も調べてくれて」

門番部屋にビュケを残し、念のため外門にも鍵をかけると、五人は二階に上がっていった。

セルヴェの部屋はちょうどクレマンの部屋の真上に当たる。

台本作家というだけあって、セルヴェの部屋は本に占拠されていたが、賊とおぼしき人影は見当たらなかった。

「もしかしたら本の間に挟んであるかもしれないね。捜してみるかい、ジェラール」

「俺が？」

クレマンは露骨に面倒そうな顔をすると、部屋の外に出ていってしまった。

それを見たセルヴェがため息をついた。

「ガルニエ、君、いつまでジェラールを甘やかすつもりだい？　母親じゃあるまいし」

「いいんだよ、セルヴェ。ジェラールは本当に才能のある俳優なんだ。僕は応援できて嬉しく思っているよ」

「最近じゃ、ろくに役もつかないじゃないか」

「僕も子どもの頃、母親と生き別れているからね。甘えたい時期に誰にも甘えられなかったんだ。だから、ジェラールの気持は分かるような気がするんだよ」

セルヴェは呆れたように肩をすくめたが、それ以上何も言わなかった。

「一冊一冊調べる気なら、いつでもどうぞ」

セルヴェはそう言ってくれたが、そもそも彼の部屋の合鍵を手に入れる方法がない限り不可能である。

セルヴェに礼を言って三人が廊下に出たときだった。

ふいに隣の部屋の扉が開いて、中から熊のような大男がのっそりと出てきた。

「いたのか、バルビエ」

クレマンが駆け寄った。

「寝てたんだよ」

「いつから」

「昨日か、一昨日か。徹夜続きだったんだよ、好きにさせてくれ」

殺気立った気配にも気づかぬようで、大道具係だというバルビエが大あくびをしながら手洗いに入っていった。

穴が開くのではないかと危惧するほど、廊下がみしみしと音を立てる。

孝介が言った。

「訂正します。盗難事件が起きたときに、この建物の中にはバルビエさんもいました」

だが、今のバルビエの様子を見れば、彼が犯人とは思えなかった。ガルニエが襲われたとき物音がしなかったというが、巨漢のバルビエにそんな芸当はできそうもない。

「あいつ、一度寝たら火事になっても起きないからなあ」

クレマンが忌々しそうに言った。

「何だ、大勢集まって」

手洗いから出てきたバルビエが、今気づいたというように廊下の晴彦たちを見回した。

またもやガルニエが事情を説明すると、バルビエは「何もないぞ」と言って部屋の扉を開いた。

文字通り、部屋の中には何もなかった。

「潔いな」

孝介が感心したように言ったが、寝台と卓子が申し訳程度にあるだけで、室内はがらんとしていた。

誰かが隠れたり、何かを隠す余地などまるでない。

「寝に帰るだけだからな」

「家賃を払うだけ無駄じゃないのか。劇場に住んだらどうだ」

「お前は女の部屋に転がりこめば安上がりだろう。それともお前の面に引っかかる女優がいなくなったのか」

クレマンが言い返す間もなく、バルビエは「もう少し寝る」と言うと、さっさと寝台にもぐりこんでしまったので、四人は再び廊下に出る他なかった。

「バルビエの奴」

クレマンが吐き捨てるようにそう言った瞬間、ガルニエがびくりとして天井を見上げた。

「どうかなさったんですか」

「今——上から音が聞こえたような——」

四人がそれぞれの姿勢で耳を澄ませたが、少なくとも晴彦には何も聞こえなかった。

「上の部屋は鍵がかかっています。私が閉めました」

孝介が上を見ながら言ったが、確かに晴彦もそれを覚えている。

「行ってみましょう」

ためらいもせず孝介が階段を上り始めたので、晴彦は慌ててその前に回った。

「大丈夫だ、ハル」

「孝介さんに何かあったら座長に殴られます」

「どうだかな」

だが、孝介はそれ以上何も言わなかった。

二人の後にガルニエとクレマンが続いた。

クレマンは、思わず気の毒になるほど青ざめているが、ひとりで置いていかれるのは嫌と見えてついてくる。

三階は静まり返っていた。

晴彦は孝介から部屋の鍵を受け取った。

石畳の下にあった鍵で、一連の騒ぎのせいで返しそびれていた物だ。

晴彦は後ろの三人に外で待つよう身振りで合図すると、本物の扉の鍵穴に鍵をさしこんだ。

がちゃりと音がして扉が静かに開く。

晴彦はわずかに体勢を低くすると、部屋の中に足を踏み入れた。

先に見た通り、ありとあらゆる物が目に飛びこんでくるが、それらはすべて本物ではない。

あるように見えるだけで、存在はしていないのだ。

晴彦は続きの間に足を踏み入れた。

こちらにも人影はない。

続いて、隣の部屋に続く扉を押した。

すっと吸いこまれるような感覚があって扉が開く。

だが、中は先ほど見たときと何も変わらなかった。

身体を動かすたびに、誰かが襲いかかってくるのではないかという不安に駆られるが、やはり人の気配はなかった。

晴彦はようやく肩の力を抜いた。

「ハル」

孝介の声が聞こえて、晴彦はきびすを返した。

青いリボンをつけた子猫のいる部屋まで戻ると、三人が集まっていた。

「どうだった」

「誰もいませんね」

賊がいないことが分かってほっとしたのも束の間、それならばどこに隠れているのかという問題が再び持ち上がってくる。

十万フランが消えたのは確かなのだ。

しかし、金は見つからないし、盗んだ人間の姿もなかった。

「こんな所に隠れることはできないでしょうしね」

ガルニエが小さな衣装戸棚の扉を開けながら言った。

それを見たクレマンも、同じように戸棚の小さな引き出しや上部がトロンプ・ルイユになっている机の引き出しを開け始めた。

ふいに「ぎゃっ」という声を上げてクレマンが床に倒れこんだ。

その拍子に卓子が倒れて戸棚に当たり、派手な物音が響いた。

「どうしたんだい」

窓を開けて外を見ていたガルニエが駆け寄ったが、クレマンは腰を抜かしたままろくに口もきけないでいる。

晴彦と孝介が引き出しの中をのぞきこむと、そこには一面に散らばった紙幣と女の手が描かれていた。

白く細いその手首には、蛇を象《かたど》った腕輪が巻きついている。

「変わった絵柄ですね……」

困惑のにじんだ孝介の声に、クレマンを介抱していたガルニエも立ち上がって引き出しの中を見たが、その途端、顔をしかめた。

「私はこんな絵は描いていません」

「では誰が」

「それは分かりませんが――」

言いかけて、ガルニエの表情が変わった。

そして、倒れているクレマンのポケットから一枚の紙片を取り出すと、それと引き出しの中の絵を見較べ始めた。

口の中で数字をつぶやいているガルニエの顔が見る間に強張っていく。

「馬鹿な……」

「どうしたんですか」

「数字が――同じなんです。盗まれた紙幣と」

「貸してください」

孝介はガルニエから紙片を受け取ると、番号をひとつずつ確認し始めた。

晴彦も隣に並んで目を走らせた。

絵は緻密に描かれていて、重なっていたり、女の腕に隠された紙幣を除けば、番号を読みとるのはたやすかった。

「どうしてこんなことが」

ガルニエの声がかすれている。

今朝、クレマンが銀行から受け取ってきたばかりの紙幣だった。

誰かがこの絵を描いたとしても、事前に紙幣の番号を知ることは不可能である。

「金──絵になった」

クレマンががたがたと震えながら言った。

「絵の向こうに──持っていかれた」

「まさか」

なだめようと手を伸ばしたガルニエの手をクレマンがはねのけた。

「なら、どうしてこんなことが起きる。あの手が俺の金を持っていったんだ」

「そんなことあるわけないよ」

この部屋のせいだ、と叫んだクレマンの顔は真っ青になっていた。

「この部屋だ――トロンプ・ルイユの――この部屋が悪いんだ」

「落ち着いて、ジェラール」

「あの腕輪――蛇が」

そのときだった。

扉を叩く音がして、ビュケが遠慮そうに顔を見せた。

「何か凄い音が聞こえましたけども……」

「すみません、ビュケさん。何でもないんです」

暴れるクレマンの身体を必死に抑えつけながら、ガルニエが振り返って言った。

「それならいいんですが――警察の方も心配して見に来てくださって」

それを聞いた途端、クレマンが必死の形相でガルニエにしがみついた。

「ルネ、頼む。俺を助けてくれ」

「助けてって――」

「どこでもいい。どこかに俺を隠してくれ」

警察官が姿を見せた瞬間、クレマンは気を失ってしまった。

一週間後、晴彦と孝介は再びガルニエの貸間《アパルトマン》を訪れた。

孝介は朝からぴりぴりぴりとしていて朝食にも手をつけず、晴彦がそばによると邪険に追い払う始末である。

晴彦ができることといえば、距離を置いて黙ってついていく他ない。

「お忙しいところ、お時間を割いていただいて申し訳ありません」

孝介が帽子を取って挨拶すると、ガルニエが微笑んだ。

「那須一座には負けますよ。連日、大入りだそうで」

席を勧められて二人は椅子に腰かけた。

「ところで今日は？」

「クレマンさんが入院された病院から姿を消したとうかがいましたので――」

ああ、とガルニエがうなずいた。

「お見舞いに行ってくださったんですね。ご心配をおかけして申し訳ありません。ジェラールは少し気持が落ち着かないようなので、田舎で静養することになったんです」

一週間前、クレマンが気絶した後、その場を取り仕切ったのはガルニエだった。ビュケに頼んでクレマンを部屋に運ぶと医者を呼んでもらい、警察官にはうまく説明をして帰ってもらった。

いても邪魔になるだけだから、と暇乞いをして二人は帰ってきたが、孝介は部屋に戻るまで何事か考えこんでいた。

そして今、孝介が迷っているのが晴彦には分かる。

何から話していいのか——いや、それ以上に話すべきなのか、孝介は考えているのだろう。

だが、孝介は口を開いた。

「それから、絵の中に消えた十万フランについてお話をしにきました」

「いまだに信じられませんが……」

「もちろんです。あれは絵だ。本物は別の場所にあります」

「どこでしょう」

「この部屋の中ですよ。それとももう他の場所に移したかもしれませんね」

「それではまるで私が――」

「ええ。貴方が犯人です」

それを聞いてもガルニエは表情ひとつ変えなかった。

「これは驚きましたね。理由をおうかがいしてもよろしいですか」

「それはこれからお話しさせていただきますが、最初にひとつだけ申し上げておきます。私は貴方を捕えたいわけではありません。貴方がしようとしている――だろうことを止めたいだけです」

ガルニエの笑顔が一瞬消えたが、すぐに元に戻った。

「よく分かりませんが――お話をうかがいましょう」

分かりました、と孝介がわずかに身を乗り出した。

「あの日、何が起きたか順にお話しします」

まず、ガルニエは門番のビュケに「絵の手直しをしたいから」と言って、昼前後の時間帯は建物の中へ誰も入れないよう頼んでおき、続いてクレマンが当選金を引き換えに行く日の二階の住人の動静を確認した。

セルヴェとバルビエが部屋にいるようなら、留守にするよう仕向けることもできる。

「借金取りの男は、ガルニエさん、貴方が呼んだんです」

クレマンに金が入るので、何日の何時に来れば取り立てることができると匿名で教える。

借金取りが来れば、クレマンは高額紙幣をそのまま渡すことを嫌がって、両替してくると言い出すに違いない、とガルニエは読み切っていた。

クレマンが銀行へ行くことすら面倒がったのは計算外だったろうが、門番のビュケに頼めばいいと教えてやった。

「両替に行くとき、クレマンさんが当選金をすべて持っていく可能性もありました。たった百枚の紙幣ですからね。そこで貴方は高額紙幣の番号は控えておくものだとクレマンさんに知恵をつけた」

先に始めておくよ、とガルニエが言えば、面倒なことが嫌いな性分のクレマンは断らなかったはずだ。

予想通り、クレマンは千フラン札を一枚だけ抜き取ると、残りをガルニエに預けて門番部屋へ下りていった。

たかだか百枚の紙幣の番号を控えるのに、門番が帰ってきても作業が終わっていなかったというから、ガルニエはゆっくりと番号を控えていたのだろう。

結果的にクレマンはガルニエに当選金を預けたまま借金取りと会うことになった。

「それから、貴方はクレマンさんに鎧戸を下ろさせました」

借金取りがまるで狙ったかのようにやってきたことを指摘し、富くじの当選が誰かに漏れているのではないかと匂わせてクレマンの不安をあおり、鎧戸を下ろさせたのだ。

修繕したばかりの鎧戸がなかなか下りなかったのは、ガルニエが細工をしていたからだろう。

借金取りを追い返した後、クレマンがすぐにガルニエの部屋に戻ってきてしまうと、自作自演の時間が取れなくなる。

ガルニエは、借金取りがクレマンの部屋を出ていくのを廊下側の扉から確認すると、クレマンが鎧戸と悪戦苦闘している音を聞きながら自分の腕を傷つけ、イーゼルを倒した。

「まるで舞台のように、貴方の思惑通り場面が進んでいました。ですが計算違いもありました」

二階に住む二人は留守の予定で、姿が見えないことも確認していたのだろうが、巨漢のバルビエが部屋の中でずっと寝ていたのだった。

だが幸いなことに、彼の体格のおかげで犯人からは除外された。

「最大の計算違いは私たちでした」

誰が来ても追い返すことになっていた門番は、クレマンのものぐさのせいで銀行へ行くことになり席を外していた。

その間隙《かんげき》を縫うようにして、合鍵の所在を知る孝介と晴彦が建物の中に入ってしまったのだ。

それまで黙って孝介の話を聞いていたガルニエがふっと笑った。

「ムッシュウ・カタギリ。まるで見ていたようにお話ししてくださいましたが、そもそもの前提がおかしいですよ。私が周到に準備をして今回の一件を企んだとのことですが、ジェラールが富くじを当てるなど、神様でもあるまいし、どうして事前に分かるでしょうか」

「神様は貴方でした」

「どういうことでしょう」

「貴方はその卓越した技量をもって当たりくじを偽造したんです。引き換えられていない当たりくじの番号を、恐らくは数枚」

「そんなもの、どうやって調べるんですか」

「貴方の贔屓筋に銀行家がいらっしゃいますね。その方の銀行が富くじの胴元でしょう」

銀行家はガルニエを囲む夕食会で富くじの未換金について話を持ち出したのかもしれない。

ガルニエの贔屓なら、その頼みは何でも聞いてくれるはずである。

「トロンプ・ルイユに描き加えたいので番号を教えてほしい」とでも言えば、銀行家は断らなかっただろう。

「換金期限ぎりぎりまで待った理由は二つです」

ひとつは換金されずに残った当たりくじを絞るためである。

未換金はどうなりましたか、とそれとなく聞けば、銀行家は怪しむこともなく教えてくれるに違いない。

そして「君の部屋に落ちていたよ」などと言い繕って、偽造した富くじをクレマンに押しつけた。

「もうひとつは、引き出しの中に紙幣と女の腕を描く時間を確保するためです。貴方は自分が持っていた紙幣を絵に描いたんですよ。そして、クレマンさんが両替に行く隙を狙って、用意してあった札束と当選金をすり替えて番号を控えた。そうすれば、まるで引き換えてきたばかりの紙幣が絵の中にあるように見えます。これが、絵の中に消えた十万フランの種明かしです」

「面白いお話ですが証拠がありませんよ、ムッシュウ・カタギリ」

「失礼ながら、ロベールさんからいろいろとお話をうかがわせていただきました」

その瞬間、ガルニエの表情が消えた。

鋭く睨みつけるガルニエの目を真っ向から見返して、孝介は続けた。

「警察官が部屋に入って来たとき、どこかで見たような気がしました。そうして後になってようやく思い出したんです。私たちがこの建物に入って来る前に、パン屋の前で見かけた警察官だと」

ガルニエが唇を噛み締めた。

「過去に何かあったのかもしれませんが、クレマンさんは警察を恐れていました。引き出しの中を見てすっかり恐慌状態になった後、止《とど》めを刺すようにして警察官がちょうどよく部屋に入ってきたのも引っかかっていました」

孝介はパン屋のマダムに話を聞きにいった。

姿のいい警察官と若いマダムはすっかり親密になっており、互いの連絡先を教えあっていた。

孝介は、いつものように那須一座の券と引き換えに警察官の住所を教えてもらった。

だが、その住所で会ったのは警察官ではなく、売れない若手俳優のロベールだった。

「貴方に頼まれたと言っていましたよ」

警察官の制服を着てこの建物の前で待機し、合図があったらトロンプ・ルイユの部屋まで上がってきてほしい。

妙な依頼だが、売れっ子の舞台美術家に頼まれて、ロベールは断れなかっただろう。

「クレマンさんが家具の引き出しを開け始めたとき、貴方は窓際に立っていましたね」

そのとき、下のロベールに向かって合図をしたのだろう。

今やガルニエは身動きひとつしなかった。

「富くじは、ひとつのきっかけだったのではないかと私は思っています。実際はずっと前から、貴方は何らかの目的を胸に秘めていたのではないのでしょうか」

クレマンはトロンプ・ルイユの部屋に異常なほど怯えていた。

この部屋にまつわる噂話のいくつかは、ガルニエ自身が作り出し、そうして部屋に対するクレマンの恐怖と不安を少しずつ植えつけていったのではないか。

「そして何より、クレマンさんは貴方を心から信じ、頼りきっていました。長い間、貴方がクレマンさんの信頼を得ることができるよう努めてきたからでしょう。貴方のせいで金が盗まれたと言ってもいいのに、一度も責めなかったし、疑いもしなかった」

罠にかける相手が自分を信用していれば、赤子の手をひねるようなもので、これほど楽なことはない。

「まったく――」

ガルニエが息を吐き出すようにして言った。

「呼んでもいない俳優に舞台を滅茶苦茶にされるほど腹の立つことはありませんね」

「クレマンさんは無事ですか」

「精神的にはどうか分かりませんが、身体は問題ありませんよ。ムッシュウ・カタギリ、貴方は私がジェラールを殺すのではないかと心配していたのかもしれませんが、私の目的はそんなことじゃない」

「何でしょう」

「彼を墓守《はかもり》にすることです。生きながら、永遠にね」

ガルニエはしばらくの間、目を閉じていたが、やがて静かに話し始めた。

「三年前に、セシル・ブーケという女優が階段から落ちて死にました。死んだ女のことなど今では誰も口にしませんが、それなりに人気はありましたよ」

「存じ上げています」

ほう、というようにガルニエが顔を上げた。

「残念ながら舞台を拝見したことはありませんが、写真を見たことがあります。いつも蛇の腕輪をつけていらっしゃったとか。——あの、引き出しに描かれていた腕輪と同じ物を」

ガルニエがうなずいて続けた。

「事故に遭う前、彼女は若い俳優とつきあっていましたが、周囲にはそのことを隠していました」

セシルが出ているオペラ座の支配人が、その若い俳優を深く恨んでいたからである。可愛がっていた女優を奪われたというのが原因らしい。

「ところで、セシルは銀行を信用していませんでした。彼女は自宅に多額の現金を置いていたのです」

ある夜、若い俳優は勝手知ったる年上の恋人の家に忍びこむと、金を盗んで逃げた。セシルはそれに気づいて追いかけた。

「その途中で階段から落ちたのです。その日、私はたまたま夜遅くまでオペラ座にいたのですが、そこへ一報が飛びこんできましてね」

ガルニエが枕元に駆けつけると、今しも意識を失おうとしていたセシルは、一言だけこう言った。

——あの子は悪くないのよ。

「セシルさんはガルニエさんの——」

「恋人ではありませんよ。母親です」

そう言ってガルニエが楽しそうに笑った。

「貴方がそんなに驚いた顔を初めて見ましたよ、ムッシュウ・カタギリ。セシルは私を十六歳で産みました」

「それにしても……」

「二十歳離れた恋人同士など珍しくもありません。セシルは四十四歳で、その恋人は二十三歳でした」

「恋人というのはクレマンさんですね」

ガルニエがうなずいた。

「私は生まれてすぐに親戚の家に預けられ、セシルは巴里に出て女優になりました。まさか同じ劇場で働くことになるとは思いませんでしたが、彼女はいい女優でしたよ。母親としてはともかく、私は好きでした」

母子として名乗りあうことはなかったが、薄々と事情は知れ、表向きには女優と舞台美術家としてつかず離れずの関係が続いていた。

「セシルは捨てた息子の私をずいぶん信用していたようでしてね。金のありかや秘密の恋人まで、舞台の打ち合わせの合間に話してくれました」

だからこそ、セシルがいまわの際《きわ》に言い残した言葉の意味も分かったのだ。

「ジェラールはセシルが死んだ後、しばらく姿を消していました。警察が怖くて隠れていたのでしょうね。ですが、ほとぼりが冷めると、盛り場に繰り出しては豪遊を繰り返していました。ジェラールは金持の女を渡り歩いていましたから、誰も怪しまなかったんです。私と親しくなった後、ジェラールは言葉を選びながら、いろいろと教えてくれましたよ。告解のつもりだったかもしれませんね。階段から落ちたと分かったのに見捨てて逃げた女がいるとか、十万フランなどあっという間になくなってしまったとか。——私は」

ガルニエがいったん言葉を切った。

「ジェラールを恨んでなどいませんよ。セシルは愚かな女だったと思いますが」

そう言って視線を落とすと、手元を見つめながら言った。

「ただ——思ったのです。華やかな舞台をあんなに愛していた女が、ひとりで暗い土の中に眠ることになる。それが不憫《ふびん》でならなかった。私は金を使って彼女の遺骨をオペラ座の地下に移しました。そこへ、死ぬまでかばい続けた若い恋人と一緒に埋めてやろうと思ったんです。オペラ座の地下は、深くて広いのですよ。二人が住むには充分です」

晴彦の目にもひとつの場面が見えていた。

オペラ座の地下深くに埋められた女と、そのかたわらにたたずむ墓守の若い男。

「ここの三階は、私がずっと描き続けてきた作品ですが、セシルのことがあってからは、彼女の部屋の調度品をそれとなく描きこみました」

かつての罪を思い出させられるのだから、クレマンがトロンプ・ルイユの部屋を恐れるのも無理はなかったのだ。

「ジェラールは言っていたでしょう？　俺を隠してくれと。彼は繊細なんですよ。警察に捕まるかもしれないという不安、見殺しにした女が絵の中から現れるかもしれないという幻覚、そして復讐されるかもしれないという恐怖を一度に与えれば、彼はここから逃げることしか考えなくなる。避難場所として、あの地下奥深くは最適ですよ。きっとジェラールも気に入るでしょう。自分からそこへ行きたいと願って、そして二度とそこから出てきたくないと思うはずです」

「ガルニエさん」

「ですが――もう駄目ですね。貴方がたに知られてしまいましたから。富くじの未換金が十万フランだと聞いたとき、私は神の思《おぼ》し召しだと思ったものですよ。セシルがジェラールを呼んでいるのだとね。——でも」

失敗作でした、とつぶやくようにそう言って、ガルニエは疲れたように背もたれに寄りかかった。


しばらくひとりにしておいてほしいというガルニエを残し、晴彦と孝介はガルニエの貸間《アパルトマン》を出た。

孝介は一言も口をきかない。

晴彦も黙ってその後に続いた。

家に戻る様子はなく、サン・ラザール停車場を通り過ぎると、孝介は「サツキ」のほうへと歩いていった。

窓硝子の汚れた店の前で足を止めると、孝介は何か考えているようだったが、おもむろに立てかけられた看板の中から、例の額縁に収められた写真を取り出した。

「これ、覚えているか」

「……はい」

「この鈴木という男が、お前を雇うために日本に行ったんだったな」

「そうです」

晴彦がそう答えると、孝介はしばらくの間、じっと目をつむっていた。

「孝介さ――」

「この間、写真館のマダムから、鈴木の写真を押しつけられただろう？　ガルニエさんの一件があったから放っておいたんだが、昨日の夜、開いてみた。見ろ」

手渡された写真を見て、晴彦は凍りついた。

写っていたのは、額縁の写真に写っている男とは似ても似つかぬ丸顔の太った男だった。

「お前は鈴木と長い間、一緒にいたはずだ。顔を見間違えるはずはない。それなのにどうして、違う男を鈴木だと答えたんだ」

「それは――」

「お前、何者なんだ？」

孝介の目が冷たく晴彦を見据えている。

石畳の黒い影が長く伸びて、二人の間に横たわっていた。

第4話　東方の護符

「何か言うことはないのか」

孝介の声は冷たかった。

普段の晴彦なら、すぐにどうとでも言い繕えたはずだ。

だが、孝介の声の奥底に潜む懇願の響きを感じ取って、晴彦の唇は凍りついた。

孝介は否定してほしいのだ。

何かの間違いだと。

それが分かれば分かるほど、晴彦の両手からありとあらゆる言葉がこぼれ落ちていく。

「俺には分かりません」

晴彦は辛うじてそう答えた。

「分からないだと」

孝介の声に怒りがにじんだが、それでも晴彦は芝居を続けた。

晴彦は孝介の持っていた額に手を伸ばすと、見知らぬ男の姿を見つめながら言った。

「俺を巴里に連れてきたのは、確かにこの人でした」

「だが、写真館のマダムは別の男をサツキの主人だと言っている」

「それが分からないんです。マダムが嘘をつくとは思えませんし、もし日本で俺を雇ったこの人が――」

そう言って晴彦は、額縁の中の男を指差した。

「主人の代わりに日本へ行ったなら、自分は代理だと言えばすむ話ですから」

重い沈黙が下りた。

晴彦は手に汗握りながら、孝介が裁きを下すのを待っていた。

「どうにも――」

長い時間が過ぎたように思えた後、孝介がようやく口を開いた。

「よく分からんな」

声から冷たさが消えていた。

気のせいか孝介の表情が和らいでいるような気がした。

心からほっとすると同時に、晴彦はさらに気持が沈んでいくのを感じた。

幕は下りなかった。

晴彦は孝介を騙し続けなければならないのだ。

「すまなかったな。お前だって気味が悪いだろうに」

「いえ、俺は――」

「悪いが急用を思い出した。夕飯はいらない。先に帰ってくれ」

ご一緒します、という晴彦を断って、孝介は停車場前の雑踏の中に消えていった。

貸間《アパルトマン》に戻った晴彦は、寄りつきの長椅子に倒れこんだ。

身体は泥のように重く、頭の中では孝介や弟、そして高瀬の顔が濁流のように渦を巻いていた。

いつまた、思いがけない場所から綻《ほころ》びが現れるか、分かったものではなかった。

食事の支度をする気になれず、晴彦は台所にある物を適当に口に入れた。

この部屋で、こんなに味気ない食事をするのは初めてだと気づいて、晴彦はやりきれない気持になった。

ふいに誰かが扉を叩く音がして、晴彦ははね起きた。

孝介を待ちながら、いつの間にか眠ってしまったようだった。

時計を見るとすでに朝になっていた。

窓の外は暗かったが、今の季節、巴里は八時になっても明るくならない。

扉に目をやると、下の隙間から細い紙切れが差しこまれているのが見えた。

飛びつくようにして目を走らせると、それは高瀬からの呼び出し状だった。


サツキの店主である鈴木は仏蘭西語のできる人間を雇うため日本へ帰国した。

ところが巴里に戻ってみると、恋女房は手代と駆け落ちしており、店はもぬけの空になっていた。

気落ちした鈴木は行方知れずとなり、遠い異国へ連れてこられた山中晴彦は突然、路頭に迷うことになった。

欧州に住む日本人の動向に絶えず目配りしていると言われている朝倉商会の高瀬敏之は、かつて鈴木と取引をしたことがあり、人づてに晴彦の窮状を聞くと援助の手を差し伸べ、那須一座に晴彦を紹介した――。

表向きにはそうなっている。

だが、晴彦が高瀬から聞かされた事実は、それとは大きく異なっていた。

高瀬は目端のきく人間を見つけては子飼いにし、いざというときにうまく使うのが得意なようで、鈴木は高瀬に雇われてサツキの店長をやっていたが、その裏で、朝倉商会があまり表沙汰にしたくないやり取りをする際の窓口にもなっていたらしい。

そのため、この店が朝倉商会に関わりがあると知っていた人間は皆無だった。

さて、その鈴木は店で働いていた仏蘭西人の女給と一緒に暮らしていたが、あるとき、日本から来た旅芸人一座で下働きをしている女と恋仲になった。

女は借金の形に一座へ売られ、欧州巡業に同行させられていた。

国へ帰りたいと泣く女に心動かされて、鈴木は女を連れて日本へ逃げ帰ると、高瀬の元に何か仕事をくれないかとやって来た。

その頃、高瀬は朝倉友隆が実の孫を捜し始めたという情報をつかんでいた。

何か手を打たなければならないと考えていた矢先のことで、高瀬は店長不在となったサツキを利用することに決めた。

仏蘭西人の女給には、今後の身の振り方と当面の生活の面倒を見ることを約束して、しばらく店を休んでもらうことにした。

そして、高瀬が渡仏するのに合わせて、孝介の身代わりとなる人間を――晴彦を巴里へ連れてきたのだった。


晴彦が呼び出されたのは、モンパルナスの静かな通りにある貸間《アパルトマン》だった。

「片桐孝介が私を訪ねてきましたよ」

部屋に入ると、高瀬は窓から外を眺めたままそう言った。

「申し訳、ありませんでした」

晴彦は頭を下げたが、その背中から怒りは感じられなかった。

「几帳面な彼が、約束も取らずに私の所へ来るとは珍しいと思いましたが」

昨日、孝介は晴彦と別れた足ですぐに高瀬を訪ねたらしい。

晴彦の言い分に耳を傾けてくれたように見えたが、頭から信じるようなことはしなかったのだ。

内心、冷や汗が噴き出すようでもあり、さすがは切れ者の番頭と拍手を送りたい気持にもなる。

「鈴木が近所の写真館で写真を撮っていたとは知りませんでしたが、そんなことまで私に話すわけはないですからね。ましてや、君たちがそれを写真館のマダムに押し売りされようなどとは予想もつかないことです」

　高瀬が晴彦に向き直った。

「私の手落ちですよ。君にはサツキという店について話をしましたが、鈴木がどんな顔をしているかまでは教えませんでしたから」

「もっと注意すべきでした」

　とんでもない、と高瀬が細いあごを振った。

「片桐孝介から聞いた限り、君の対応は悪くありませんでしたよ。だから片桐孝介も君をどうすべきか迷っているのでしょう」

「孝介さんは俺のことを何と――」

「君について、できるだけ詳しく知りたがっていました。私は人を介して話を聞いただけで、詳しくは知らないと答えましたがね。恐らくは大使館を通じて日本にも問い合わせをするでしょう」

　つまり、と高瀬は続けた。

「片桐孝介は君を諦めていないのです。もし嘘をついているとしても、何か事情があるのではないかと考え、それを知りたがっている。珍しいことですよ。これまでの彼ならば、不審な素振りを見せた人物など、その場で無用と切り捨てていたはずです。よほど君のことを高く買っているのでしょう」

　それを聞いて晴彦の心の底から喜びが湧き上がってきたが、即座に高瀬が冷や水を浴びせかけた。

「彼の信頼を得るために、よくぞやってくださったと言いたいところですが、今の状況では諸刃《もろは》の剣《つるぎ》です。君に疑惑の目を向けても、片桐孝介は私を露ほども疑わなかった。私のところへ来て、写真の話をしたくらいですからね。だが、彼が本腰を入れて調べ始めたとしたら、隠された真実を見つけ出すかもしれません」

　晴彦はうつむいた。

　孝介が「真実」を知ったときのことを考えるだけで目の前が暗くなる。

「ただ、今回の件はかえって幸運でした」

「それはどういう――」

「朝倉友隆が巴里に向かっています」

　晴彦は息を呑んだ。

そうです、と言って高瀬がうなずいた。

「番頭ごっこはおしまいですよ、君。もう時間がありません」

朝倉友隆が巴里に来る理由はたったひとつである。

那須一座の跡を追って世界中を駆け回っていた探偵が、とうとう朝倉友継の息子である孝介を見つけ出したのだ。

「あと四十日しかないんですね」

「いえ、一週間です」

「一週間？」

目をむいた晴彦に、高瀬が冷ややかな目を向けた。

「朝倉友隆は今、亜米利加に出張しているのです。そこへ片桐孝介が見つかったという極秘電報が入りました。紐育《ニューヨーク》から仏蘭西のル・アーブル港までは一週間です」

思ったより早かった、と高瀬が言った。

「以前、亜米利加の博覧会で興行を打っていた那須一座は、土地の顔役と揉め事を起こして夜逃げをしています。それから数年の間、墨西哥《メキシコ》を振り出しにして南米を興行して回ったと報告を受けていますが、ずっと目を離さなかった私ですらしばらくの間は所在をつかめませんでした。座長の那須九郎が死んで、一座は解散したのではないかと思っていたくらいです。それを見つけ出したのですから、なかなか腕の良い探偵ですね」

朝倉友隆は高瀬に対して、横浜時代に世話になった友人を久しぶりに訪ねたくなったので、巴里に向かうと連絡を寄越したという。

そして、私的な用事であるから、高瀬にすら出迎えは不要とつけ加えることも忘れなかった。

突然、状況が激しく動き始めていた。

「私は片桐孝介に、しばらく君の様子を見てはと助言しました。私のほうでも調べてみるからと約束してね。ただし何かしらの理由をつけて、しばらく部屋を出たほうがいいだろうと言いました」

「部屋を——」

「わずかでも疑いを抱いた人間と寝起きを共にするのは不安でしょうからね。適当な部屋がなければ、朝倉の持っている貸間《アパルトマン》を提供してもいいと申し出ました。片桐孝介は受けましたよ」

高瀬が眼鏡の奥の目を細めて晴彦を見た。

「彼の部屋の合鍵を作ったという話でしたね」

晴彦はうなずいた。

「例の物がどこにあるか見当がつきましたか」

「それが、なかなか孝介さんの部屋に入る機会がなくて……」

晴彦の言い訳を封じるようにして高瀬が言った。

「当分、片桐孝介は部屋に戻りません。存分に家探しすることができるでしょう。必ず手に入れてください」

時間がありません、と高瀬は繰り返した。


だが心配するほどのことはなく、晴彦は目当ての物をあっさりと見つけ出した。

几帳面な孝介の部屋は、誰も住んでいないのかと思うほどに片づいていた。

それは鍵もかからない机の引き出しの中にぽつんと入っていた。

古い布の袋の紐をほどくと、中から高瀬の言っていた通りの小さな黄金の仏像が現れた。

孝介の父親である朝倉友継が、孝介の母親に与えたという。

ただひとつの形見であると同時に、片桐孝介が朝倉家の後継者であることを証明する物だった。

晴彦が孝介の身代わりを演じるための最後の切り札である。

「朝倉家に代々受け継がれてきたと聞いています」

以前、高瀬は相変わらず無表情のままそう言った。

「父親から子へと直接、手渡しされるそうでしてね。そんな物があるということも、それがどんな物かということも、父子以外は誰も知らないということでした」

「高瀬さんはどうしてご存知なんですか」

「朝倉友継が片桐孝介の母親と手を切るにあたって、私はその後始末に関わりました。何しろ外聞をはばかる話でしたので」

高瀬は朝倉家の遠縁でもあり、友継の補佐をしていたというから当然、信用されていたのだろう。

「手切れ金は充分に渡しましたが、心情的にはそれだけでは不足と思ったのでしょう。友継は秘密の家宝ともいえる仏像を女性に贈りました。友継の父親である友隆もそのことを知っています」

高瀬はそれを手に入れろと晴彦に命じたのだった。

要は盗めということである。

「模造品を作ることはできないのですか」

「念のため作らせてありますが、片桐孝介の母親へ渡すときに、一瞬見ただけですからね。朝倉友隆の目をごまかすことができるかどうか自信がありません」

「孝介さんのお母さんが、その仏像を手放したり、紛失した可能性は」

「確かに、女は昔の男をあっさり切り捨てるものです」

そう言って高瀬はうなずいたが、いつぞやの宴会で高瀬が孝介にそれとなく水を向けたところ、非常に遠回しな言い方ながら、母親に譲られた仏像を持っていると答えたという。

「片桐孝介は私を信用していますのでね」

確かに孝介は高瀬を「切れ者」と評し、信頼していた。

「いずれ探偵は、巴里にいる片桐孝介を見つけ出し、その人となりを朝倉友隆に詳しく書き送るでしょう。山中さん、貴方は彼とそっくりになってください。片桐孝介は決して写真を撮らせませんから、写真と違うなどと言われることはありませんよ」

そう言って高瀬は晴彦の顔をじっと見つめたのだった。

そのときの眼差が、貼りついたように晴彦の脳裏から消えなかった。

大胆なようでいて、高瀬の策は蜘蛛《くも》の糸のように繊細で慎重だった。

それは、朝倉父子が縁を切ったと思いこんでいた曲芸師一座の女のその後の足取りを追い続けていたことでも分かる。

逃げられないな、と晴彦は思った。

仏像を握り締めると、手のひらに冷たい感触が伝わってくる。

長い間、朝倉家の人間を護り続けてきた仏像が、今度はその血筋を絶やす役割を担うことになるのだ。

晴彦は模造品の仏像を袋の中に入れると紐を巻き、引き出しの中に入れた。

「お前ら、喧嘩でもしたのか」

座長の貸間《アパルトマン》の一室は運動室に作り変えられており、天井の高い部屋には一本の長い綱が張られている。

いくつも並んでいる傘を開いたり閉じたりして、具合を確認していた座長が、ふいにそう言った。

晴彦ははっとして顔を上げると、笑顔を取り繕った。

「何のお話ですか」

「孝介の奴、朝倉の貸間《アパルトマン》に転がりこんでるっていうじゃねえか」

「今度の独逸公演の交渉が長引いているそうなんです。先方の旅館がシャンゼリゼにあるので、便がいいからお借りしたとうかがっていますが」

「そうかい」

破れのある傘を脇に寄せると、座長がため息をついた。

「あいつをひとりにしておきたくないんだがな。孝介が馬車にひかれそうになった話はしたな」

「はい」

「あの頑固野郎は、どれもこれも偶然だと言い張るが、どうも面白くねえ。こんな貧乏一座の番頭の命をつけ狙う物好きなんざいやしめえが、世の中、何があるか分からねえからな」

高瀬の仕業だろうか、と晴彦は思った。

朝倉友隆が孝介を見つけ出す前に、殺してしまうのがもっとも手っ取り早くて確実な方法である。

晴彦が失敗したときのことを考えて、高瀬が別の人間を雇っているということは充分に考えられた。

だが、「手荒な方法は、できるだけ取りたくないのです」と言っていた高瀬の口ぶりは信頼が置けるようにも思えた。

「お前があいつのそばにいてくれたら安心なんだがな」

「必ず盾になってみせます」

「馬鹿。そういう意味じゃねえ」

座長が苦笑いを見せた。

「あいつは一座のためになら命を張る。そういうふうに育てたつもりはねえんだが、気がついたら、あんなやり手の鬼番頭になっちまっててな。強面《こわもて》相手の交渉事でも一歩も引かねえし、危ねえ場所にも頭から突っこんでいきやがる。だが、お前がいると、ちったあ自重するのさ」

「どうしてでしょうか」

「前にも言ったろ？　あいつはお前を気に入ってるんだ。年も近えし、出来もいい。今までそういう奴はあいつのまわりにいなかったからな。一座の人間はどんな年寄りでも子どももみてえなもんで、あいつにとっちゃ全身で守る対象だが、お前は違う。助けになってくれそうな人間が現れて、ほっとしてるのさ」

座長が続ける。

「お前は孝介といつも一緒にいるからな。あいつに何かあれば、お前も巻き添えを食うと思って、前よりは考えて動くようになった。危険は避けるに越したこたぁねえからな。お前はあいつのお守り代わりだ」

「お守り」と言われて、晴彦はうつむいた。

すり替えた黄金の仏像が頭をよぎる。

「ところでお前、国の弟は元気なのか」

座長の言葉に晴彦はぎくりとした。

「便りがないのはいい便りといいますから」

晴彦はようやくそれだけを答えた。

巴里での「仕事」を思えば、どこから足がつくか分からない手紙など受け取るわけにはいかなかった。

また、晴彦も弟に巴里での暮らしを事細かに書いて送る気にはなれなかった。

手紙はいらないし、こちらからも送らないと言って日本を出てきたのだ。

後ろ暗いことがあるときの常で、ごまかすように、つい口数が多くなる。

「いつか巴里に連れてきてやりたいと思っています。那須一座の公演を見せてやればきっと喜びます」

手を伸ばして綱の張り具合を確かめながら、座長は背中で晴彦の話を聞いている。

「座長の傘芸を何度も見せていただいていますが、いつ見ても本当に素晴らしいと思います」

座長は揺れる綱の上を自在に行き来してみせる。

長年の鍛錬の賜物と思えば自然と背筋が伸びるが、傘一本を手にしただけで空中を行く軽やかなその姿に、気負いや悲壮感はみじんもなかった。

魔法をかけられたような観客は、公演が終わっても夢の余韻にひたりながら、晴れやかな表情で帰っていく。

「公演の前後はいつも入り口に立たせてもらっているんですが、暗い顔をして入ってくるお客様もいて、そういう方はよく覚えているんです。でも、出ていくときは、決まってぬぐったように明るい表情になっています。俺がこの一座で働かせていただいていて、誇らしいと思うのはそんなときなんです」

「そりゃ別に俺の力じゃねえ。お客が勝手に元気になってるんだ」

「違いますよ。座長の芸が凄いからです」

「そいつは否定しねえがな」

座長が自信たっぷりに言い切った。

「だが、結局はお客次第でな。興行ってのはそういうもんだ。曲芸師とお客と、両方が嚙み合わねえと、どうしようもねえ」

「ですが、座長ほどの曲芸師でしたら――」

「見る気のねえお客の前で何をしても無駄だからな。寝てる奴だっているだろうが」

「ええ。傘を投げつけたくなります」

座長が笑った。

「やめとけ。木戸銭払って来てくれてるんだ、お客には違いねえ。ただ見の客だって、小屋の中にいてくれりゃあ、流行《はや》ってるように見えるだろうが。まったくお前も、孝介とおんなしことを言いやがる」

「俺がどうかしましたか」

突然、声が聞こえて、振り向くとそこに孝介が立っていた。

数日会わなかっただけだが、晴彦はずいぶん長い間、孝介と顔を合わせていなかったような気がした。

以上です、と孝介は契約の進捗状況を伝えるとすぐに席を立った。

座長に促されるようにして、晴彦は後を追った。

まっすぐに前を向いたまま歩いていく孝介の隣を、晴彦は黙ってついていく。

「今日は休みじゃなかったのか」

孝介が顔も動かさぬまま言った。

「ええ。ですが、座長がお急ぎのようでしたので」

買物、修理、伝言、代筆と、晴彦が指を折って数えると、孝介が口元を歪めるようにして笑った。

「相変わらず人遣いが荒いな」

「いえ、少しでもお役に立てれば嬉しいので。孝介さんのほうはいかがですか」

「もう少しかかる」

「お手伝いできなくてすみません」

孝介は一瞬口ごもったが、短く「いや」と答えた。

曇り空の下を二人は歩いていた。

通りの並木はすっかり葉を落とし、両側に建ち並ぶ固く黒ずんだ建物が霧の中に沈んでいる。

初めて迎える異国の冬だった。

「そういえばお前、俺が行く前に座長と何を話してたんだ」

「暗い顔をして小屋に入ってきたお客様でも、座長の傘芸を見た後は明るい顔になって出ていくと」

「確かにそうだな」

孝介の口元にうっすらと笑みが浮かんだが、すぐにそれを隠すようにして眉間にしわを寄せた。

「私生活はいい加減なものだが」

「ですが、女性に刺されたことはないとおっしゃっていましたし」

「刺されなければいいのか」

「どうなんでしょう」

晴彦は笑ってごまかした。

「ですが、綱の上の座長は本当に美しいですね。強くて、自信に溢れています。見るたびに、人はこんなにも美しい生き物なのかと思うんです。女性は綺麗なものが好きですから、座長に惹かれるのも無理はないんじゃないでしょうか」

「無理はなくても、数には限度というものがある」

憎まれ口を叩きながらも孝介はやはり嬉しそうだった。

その横顔を眺めながら、晴彦は自分の心が遠くへ離れていくのを感じていた。

座長の傘芸は美しい。

才能という土壌にたゆまぬ努力という肥料を与え続けてようやく咲き誇る花を、晴彦はただ美しいと思っていたのだ。

だが少しずつ、その想いに黒い影が混じるようになっていた。

綱の上の座長を見ていると目をそらしたくなった。

喜びを与えてくれるはずのものが、いつしか「お前は違う」と糾弾するものに変わっていたのだ。

美しいものを目にすればするだけ、自分の醜さを痛感させられた。

厚く垂れこめた雲の向こうで白い太陽が力を失っている。

冷たい空気に肩をすくめながら石の街を歩いていると、何もかもがすべて遠ざかっていくような気がした。

恐らく、自分はいつでも正しくいられると思っていたのだ。

不正や醜悪さは己の外の世界にあり、それを対岸から眺めて、この世には嫌なものがあると他人事《ひとごと》のように感じているだけだった。

自分は違う、と当たり前のように信じていることができたのだ——今までなら。

「ハル」

孝介がふいに晴彦の名前を呼んだ。

「お前、赤い椅子の食堂を覚えているか」

ええ、と晴彦はうなずいた。

「孝介さんは、椅子がまっすぐに並んでいるから好きだとおっしゃっていました」

「そうだ」

日本大使館に勤める本多が持ちこんだ、下宿屋のマダムの一件が片づいた後に入った店である。

「俺たちが食事をしているところに、朝倉商会の高瀬さんがやってきた」

「覚えています」

晴彦は平静を装って答えた。

「あの店は窓が大きかったな」

「え？——ああ、そうでしたね」

あの日、晴彦は孝介と向き合うように座っていたが、晴彦の席からは通りを行き交う人々の姿がよく見えていた。

「それがどうかしたんですか」

「いや」

孝介はそれきり黙りこむと、しばらくの間、無言のままで歩き続けていたが、街灯を四つ、五つと越した頃、ふいに口を開いた。

「お前、何を考えてるんだ」

「――弟は元気かなと思っていました」

そんな答えが口をついて出た。

「そうか」

孝介がうなずいた。

「早く元気になるといいな」

「ありがとうございます」

それじゃここで、と言って孝介はつぶやくように言うと、霧の中に消えていった。

何かが晴彦の手をすり抜けていったような気がした。


「ああ、懐かしいですね」

仏像を差し出すと、高瀬は感情の伴わぬ声でそう言った。

「これがあれば完璧でしょう」

そう言うと、興味を失ったように仏像を返して寄越した。

再び、晴彦はモンパルナスの貸間《アパルトマン》に呼び出されていた。

覚悟も定まらぬままにその日は来て、晴彦は、孝介と別れた日からひとり、霧の中をさまよい歩いているような気がした。

だが、目の前で歯車は重い音を立てながら回っている。

心は遠くに置き去りにされたままだが、急かされるように身体は先へ先へと追い立てられている。

「朝倉友隆が巴里に入りました」

高瀬が言った。

突然の会長の訪仏に、朝倉商会の人間は一様に驚いたが、朝倉は高瀬に伝えた通り古い友人に会いにきたと説明した。

紐育滞在中に連絡があり、相手の年齢を思えば機会は今しかない、と急きょ巴里を訪れることにしたのだ、と。

「昔話をしたいだけだから、私も朝倉商会の人間もいっさい構ってくれるなとのことでした」

密かに孫を後継者にと考えている朝倉にとって、巴里での行動は知られたくないはずだった。

特に、高瀬には絶対に秘密にしておきたいに違いない。

高瀬には長年の実績があり、朝倉商会の中でも彼に味方する人間は多いだろうから、もし孝介が朝倉の期待通りだった場合、高瀬が反撃できないよう秘密裏に手を打っておく必要がある。

「ですが、朝倉の行動は予測できています。近々、貴方は片桐孝介として朝倉と会うことになるでしょう」

高瀬が自信たっぷりに言い切った。

「朝倉さんが、間に人を立てて直接、孝介さんに接触する可能性はありませんか」

晴彦からすれば、事情があって長く離れていた肉親が顔を合わせるとなれば、然るべき人物を間に立てた上で引き合わせてもらうのが筋だと思える。

それに朝倉ほどの大物であれば、たとえ異国の地であっても、相当の人物を引っ張り出せるはずだった。

そうなれば万事休すで、晴彦の出る幕はなくなってしまう。

だが、高瀬は細いあごを横に振った。

「いずれそういうことになるでしょうが、まずは自分の孫とやらが、朝倉の眼鏡にかなわなければなりません。朝倉は目的を伏せて片桐孝介に接触するはずです」

「ですが、朝倉さんが巴里にまで来たということは、探偵さんの報告が良かったということでしょう」

高瀬が呆れ顔になった。

「君、人の言うことなど当てになりませんよ。最後は自分の目で確かめなくては。ましてや、後継者選びともなればなおさらです。正式に実の祖父と実の孫の名乗りを交わした後に、その孫がろくでなしだと分かったら厄介なことになります。不出来な身内ほど迷惑なものはありませんよ。何しろ朝倉家は大富豪ですからね。間違いなく、財産を狙って争いが起きるでしょう。朝倉は必ず自分の目で確かめようとします」

「でも、孝介さんは朝倉さんの本当のお孫さんです」

「孫は無条件に可愛いと？」

「ええ」

高瀬が鼻で笑った。

「祖父だとて孫を選びたいのですよ、君。可愛いのは期待通りだった場合だけです。朝倉は息子の面影をその子に重ねているのです。その理想像を裏切れば興味を失います」

朝倉は息子がまだ生きていたらという夢を追いかけている。

「貴方には期待外れの孫を演じていただきたいのです。朝倉がもっとも嫌う物に手を出していると知れば、実の孫といえど、朝倉は決して許さないでしょう」

そうすれば朝倉は夢破れて日本に帰り、すべては元通りに収まる。

孝介はこの先、実の祖父と顔を合わせることはないし、朝倉商会という大会社を継ぐ機会は失われる。

それを思うと、自分が招くだろう結果の重さに、晴彦は血の気の引く思いがしたが、その一方で、目の前の為さねばならぬことに対して、晴彦の頭は正確に動き続けていた。

「朝倉さんは孝介さんの顔を知らないんですね」

「片桐孝介は絶対に写真を撮らせませんからね。顔立ちの特徴などは報告されていると思いますが、知らないはずです」

その証拠に、と高瀬は続けた。

「知っていたら、すぐにでも日本へ連れ帰ると思いますよ。何しろ、片桐孝介は父親に瓜二つです」

「顔だけで、ですか」

「朝倉友隆は私も尊敬する経営者ですが、機械ではありません。よく似ているということは、ある意味、残酷なものですよ。違う人間だと頭では分かっていても、人はそこに失われた夢を見ます」

「孝介さんについて調べていた探偵さんはどうしているんですか」

「探偵？」

「その方がいれば、写真などなくても俺が別人だということはすぐ分かってしまうと思うんですが」

　そんなもの、と高瀬が言った。

「朝倉が大金を支払ってすでに追い払っていますよ。片桐孝介さえ見つかれば、もう用はありませんからね。探偵なぞ信用できるものではありません。依頼者の弱味につけこんで、恐喝に走る輩もいると聞きます。――他にも何か？」

　まだ考えこんでいる晴彦の様子を見て、高瀬が訊ねた。

　晴彦はわずかにためらったが、口を開いた。

「孝介さんに危害を加えようとしている人間がいるのではないか、と座長が心配しているんです」

「危害？」

高瀬が眉を上げた。

晴彦はその表情をじっと見つめながら続けた。

「小屋の大道具置き場で木製の背景が崩れてきて手に怪我をしたり、クリシー大通りで馬車にひかれそうになったとも聞きました」

「クリシーでなら私もひかれそうになったことがありますが」

そう言って高瀬は眼鏡の奥から晴彦を見据えた。

「私を疑っていますか」

「そういうわけではありませんが……。もし私が失敗した後の方策を、何か考えていらっしゃるのかと思いまして」

「そんなことは君に関係のないことですよ」

高瀬がぴしゃりと言った。

「ですが、その心配なら無用だと申し上げておきましょう。日本でも言った通り、死体が出ると厄介なのでね」

　高瀬が上着と帽子を手に取った。

「それでは打ち合わせ通りにお願いいたしますよ。例の荷物はすべて貴方がたの部屋に送っておきました。届き次第、準備を進めてください」

「……分かりました」

「お互いに名演となるよう全力を尽くしましょう。観客は老人がたったひとりのつまらぬ舞台ですが」

　十分経ったら出てきてください、と言い置いて高瀬は部屋を出ていった。

　遠くに消えていく足音を聞きながら、晴彦はじっと目を閉じていた。


「片桐さん」

　ふいに名前を呼ばれて、晴彦は振り返った。

「片桐」は晴彦の名ではない。

　だが今、山中晴彦は片桐孝介としてここに立っていた。

　そのことを知る人間は、この場に二人きりである。

人ごみをかき分けながら、高瀬が見知らぬ男と一緒に近づいてくる。

男は高瀬の父親くらいの年齢と見えた。

その年代の日本人男性とは思えぬくらい大柄で、洋装がよく似合っている。

朝倉商会が主催した集まりは宴もたけなわで、あちらこちらに小さな輪ができては、華やかな笑い声が上がっていた。

晴彦もまた、そんな輪の中のひとつにいた。

晴彦を取り囲んでいるのは那須一座の贔屓客たちである。

「こんばんは、高瀬さん。この度はお招きいただきありがとうございます」

晴彦は孝介がそうするように挨拶した。

「公演は相変わらず大入りだそうですね」

「皆様のお陰です」

高瀬のかたわらにいる男の視線が突き刺さるようだったが、晴彦は気づかぬふりで高瀬と話を続けた。

だがすぐに、贔屓客のひとりから非難の声が上がった。

「嫌ですわ、ムッシュウ・タカセ。ムッシュウ・カタギリを独占なさっては——。私たちは那須一座の、それは熱心な贔屓ですの。せっかくの機会を台無しになさらないでくださいな」

「これは申し訳ありません、マダム・デュラン」

高瀬が慇懃に謝った。

「私など、何の芸もお見せできませんが」

晴彦が申し訳なさそうに首をすくめると、マダム・デュランは大きく手を振った。

「とんでもないですわ、ムッシュウ・カタギリ。いろいろと興味深いお話もうかがえて――ねえ、皆様」

晴彦を取り囲んだ女性たちが、風になびくススキさながら、いっせいにうなずいて口を開いた。

「本当にお話上手で」

「ムッシュウ・カタギリも舞台に上がってほしいですわ」

「ありがとうございます、マダムたち。ところで少し喉が渇きましたね。飲み物を作ってお持ちしますので、あちらの長椅子でお待ちいただけませんか」

そう言って晴彦が笑うと、女性たちは雪崩《なだれ》を打って部屋の隅に流れていった。

「助かりましたよ、片桐さん」

高瀬がほっとしたように言った。

「私に何か――」

晴彦が訊ねると、高瀬は背後にたたずむ男に目をやった。

「こちらの方を貴方にご紹介したいと思いましてね」

「朝倉商会の朝倉友隆です」

高瀬の言葉が終わるやいなや、朝倉ははっきりとした声でそう名乗った。

晴彦もまた、自分を見つめている熱心な目を見返して言った。

「はじめまして。那須一座の番頭で、片桐孝介と申します。朝倉友隆さんというと、もしや――」

高瀬が大きくうなずいた。

「ええ。我が商会の会長です」

「やはりそうでしたか。お会いできて光栄です」

こちらこそ、と言って朝倉はしわの刻まれた顔に笑顔を浮かべた。

「那須一座の人気は大変なものですな。失礼とは思いましたが、先ほどから君の様子を拝見していたのですが、取り巻きの婦人たちはなかなか離れようとしないし、通りすがりに君に声をかけていく者も後を絶たない。裏方である番頭の名まで客に知られているとは、いや、たいしたものです」

「恐れ入ります。朝倉会長にも是非、我が一座へお出でいただければと思います」

「実はもう観にいかれたそうなんですよ」

高瀬がためらいがちに言った。

「皆さんの評判を聞かれて、すぐにモンマルトルへ行かれたのだそうです。大変お気に召したとのことで、一座の人間を今日の集まりに呼んでくれ、私に紹介してくれ、とそれは熱心で」

「お前が那須一座の方と親しくしていると聞いたのでな」

晴彦は頭を下げた。

「それは大変失礼いたしました。そういうことでしたら、私ではなく、座長をお連れするべきでした」

「何、君に会えて嬉しいですよ。生き馬の目を抜く欧州興行界でも、那須一座の番頭は辣腕で知られているとか。我が国の若い人が、こちらで活躍していると聞くのは嬉しいものでね」

「ありがとうございます」

「私はしばらく巴里に滞在する予定でしてな。古い友人に会いにきたのだが、しわだらけの顔を突き合わせているのも芸がない話です。この年寄りの相手もしていただけると有り難いのだが」

すかさず高瀬が間に入った。

「片桐さん、申し訳ありません。会長は紐育に滞在中、軽業や曲芸をご覧になって、強く興味を持たれたそうなのです。お忙しいでしょうが、お時間を割いていただけると——」

晴彦は笑ってうなずいた。

「私のほうこそ、是非お願いしたいくらいです。朝倉会長は亜米利加や仏蘭西の料理ばかり召し上がってうんざりしていらっしゃいませんか。私は料理の腕には自信があります。差し支えなければ、私の部屋で日本料理をご馳走したいと思いますが——」

「それは有り難い」

朝倉は横手を打って相好をくずした。

「いつならご都合がよろしいかな」

「明後日でしたら休演日なので大丈夫です。住所は高瀬さんにお伝えしておきますので」

「これは楽しみだ」

主催者の高瀬は、同じ場所にずっといるわけにいかないらしく、「それでは私はこれで」と言って、他の卓子へと回っていった。

「お飲み物はいかがですか」

高瀬に促されたらしく、銀の盆に飲み物を載せた男がやってきたので、晴彦と朝倉はそれぞれに洋杯を手に取った。

乾杯をして、ひとしきり杯を傾けていたが、気がつくと、朝倉が厳しい顔つきで晴彦の手元をじっと見つめていた。

晴彦はしきりに爪の先で洋杯をはじいていた。

それに気づいて、晴彦は指を押さえた。

「申し訳ありません。こういった場には相応しくないことで——。ですが、どうしても癖が抜けないのです」

朝倉ははっとすると、慌てて笑顔を取り繕った。

「こちらこそ不躾な真似をしました。——その、昔知っていた人を思い出したものですから」

「そうなんですか」

「なくて七癖というのか、やはり、いくら言っても直りませんでしたな。君は——」

朝倉が遠い目をした。

「その人に似ているような気がしますよ。その癖もそうだが、そうだな、話し方や身ごなしがね」

それから二言、三言と言葉を交わすと、朝倉は「それではまた」と上機嫌でその場を離れていった。

離れた場所で二人の様子をうかがっていた高瀬が、わずかにうなずいたように見えた。

晴彦は人目を避けるようにして客間を出ると、廊下の片隅に置いてある椅子に、倒れるように腰を下ろした。

知らず、深いため息が出る。

冬だというのに全身に汗をかいていた。

ここまで、朝倉は高瀬の予想通りに動いていた。

朝倉は当初、高瀬に目的を知られぬよう、単独で孝介と接触を図ろうと考えていたに違いなかった。

正体を隠してそれとなく近づき、孫の品定めをするつもりだったろう。

だが、探偵の調査結果を見て、孝介が巴里におり、曲芸師の一座で番頭を務めていると知ったらどうするか。

日本国内ならばともかく、外国では気軽に話をすることすらままならない。

朝倉商会の名前を出せば信用はしてもらえるだろうが、会長が直々に会いたいと言えば、相手は何事かと警戒するはずだった。

高瀬も疑問を抱くだろう。

しかし、巴里でも人気のある一座の人間に会ってみたいということなら、いささか軽薄と思われかねないとしても、さほどおかしな話ではない。

ましてや、日本でもその名を知られる朝倉友隆であれば、常に筋のいい贔屓客を求めている一座が断るはずはなかった。

高瀬の読み通り、朝倉は商会の人間に「構ってくれるな」と言い渡しておいて、那須一座が興行を打っているモンマルトルの小屋に出かけた。

孝介は興行中は客席を回っているので、朝倉と偶然、顔を合わせないように、高瀬が手を打った。

何しろ孝介は父親である友継とそっくりなのだ。

朝倉が那須一座の公演に出かけたその日、高瀬は孝介に急きょ仕事を紹介した。とある富豪宅で開かれる内輪の集まりで、一座に芸を披露してもらえないかという依頼が朝倉商会を通じてあり、その打ち合わせに行ってほしいと頼んだのだ。

小屋から戻った朝倉は、高瀬に公演の素晴らしさを語り、那須一座の人間と会えないかと話を持ちかけた。

高瀬は予定通りに答えた。

一座は常に公演予定が埋まっているので、まずは番頭の片桐孝介と話をしてみてはどうか、と。

朝倉にとっては願ったりかなったりである。

招待状は直接、晴彦へ届けられた。

孝介の片腕として裁量権を与えられつつあり、あちらこちらの集まりにひとりで出かけている晴彦が、朝倉商会の宴会に出席するのに何の不都合もない。

ただし、宛名が「片桐孝介」だったことを知っているのは、晴彦と高瀬だけだった。

一方で、集まりの人選も極めて慎重に行われていた。

那須一座を贔屓にしているが、一座の人間にはそれほど面識のない仏蘭西人というのが、その日の出席者の条件だった。

元々、孝介と背格好が似ている上に、そのふるまいを真似続けた晴彦である。

招待されているのは「那須一座の番頭である片桐孝介」と教えられた出席者は、頭から晴彦を孝介と思いこむ。

朝倉は高瀬が、今回の訪仏の目的を知らないと思っているはずだったが、辣腕として知られる朝倉を騙すためには、どんな隙も残したくなかった。

朝倉は孝介の顔を知らない。

探偵の調査報告に、孝介のかたわらに日本人の助手がいると書いてあった可能性もなくはなかった。

高瀬の呼んだ男が、他の人間かもしれないと疑わせる余地をなくし、集まりにやって来た「片桐孝介」が本物の片桐孝介だと信じさせるために、周囲の人間が当然のように「ムッシュウ・カタギリ」と呼び、熱っぽい眼差を向けさせる必要があった。

かくして、朝倉は晴彦を孝介だと信じ、招待を受けた。

高瀬の筋書きには、わずかな狂いもなかった。

晴彦は急流に乗って飛ぶように流れていく筏《いかだ》を想像した。

今の自分はそれなのだ。

そして行き着く先は底知れぬ、深く暗い滝だった。

「ようこそ、いらっしゃいました」

「お邪魔します」

そう言って、朝倉がシルクハットを取って挨拶した。

二日後、約束通りに朝倉がマレ地区にある貸間《アパルトマン》にやって来た。

「朝倉さんをお迎えするのに、こんな狭い部屋で恐縮してしまいます」

晴彦は玄関を入ってすぐの寄りつきから正面の居間へと朝倉を案内した。

寄りつきの右手が台所と浴室になっており、左手が晴彦の部屋である。

そして居間の奥が孝介の部屋となっていたが、例の一件以来、晴彦が合鍵を使って忍びこんだ以外は無人だった。

いい匂いがしますな、と言いながら居間に入った朝倉がふいに足を止めた。目を見開き、一点を見つめたまま動こうともしない。

「どうかなさったんですか、朝倉さん」

晴彦が訊ねると、朝倉はぎこちなく飾り棚を指差した。

「あれは……」

そこに飾られていたのは、高さ三寸ほどの黄金の仏像だった。

ああ、と晴彦はうなずいた。

「母の形見です」

「母上の……」

「母が父からもらった物だと聞いています。とは言っても、私は父を知りませんが」

あまり見ては怪しまれると思っているのだろうが、それでも目を離せないらしく、朝倉の目が落ち着きなくさまよっている。

気に入れば孫として迎え、そうでなければなかったことにする。

身勝手なものだと思う。

だが、息子と死に別れ、その幻影を求めて遠い異国までやって来た気持を思うと、晴彦の胸は暗く沈んだ。

それに身勝手さでいえば晴彦も同じなのだ。

弟の治療費を得るため、孝介を貶め、朝倉を騙そうとしているのだから。

どちらも同じようなものだと思えば、かえって気持が落ちついた。

大嘘をつきながら、座長の芸のようにまっすぐ、美しくありたいと願っても辛いだけなのだ。

どうせ自分には無理だからと諦めたほうが、ずっと楽になれるような気がした。

晴彦は台本通りに口を開いた。

「朝倉さんはこういった古い仏像に興味がおありですか」

「ああ――そうですな」

「どうぞ、お手にとってご覧になってください。私は食事の用意をさせていただきますので」

正真正銘の本物なのだから、どれほど見られても問題はない。

仏像にじっと視線を注いでいる朝倉に背を向けて、晴彦は台所に姿を消した。

席についた朝倉の前に、天火から出したばかりの料理を置くと、嬉しそうな声が上がった。

「巴里でこんな食事ができるとは思いませんでしたよ」

今日の主菜は鯛の塩焼きである。

かりっと焦げた皮とむっちりとした白身から、香ばしい匂いが漂ってくる。

そのまわりに、こちらで採れた野菜を千切りにしたきんぴらや、秘蔵のかつおぶしで作ったおひたしの小鉢をいくつも並べた。

「材料が揃いませんので、似たような食材を使ってそれらしく作りましたが、お口に合うかどうか」

「ほう、これは素麵《そうめん》ですか」

「そのつもりですが、実はヴェルミセルという細い麵を使っています」

朝倉は元々が健啖家なのだろうが、美味い美味いと言って箸を伸ばしては、あっという間に皿の物をたいらげてしまった。

「久しぶりに美味しいご飯を食べましたよ。よく炊けていますな」

「何度も失敗したんです。薄手の鍋で炊くものですから、最初の頃は黒こげにしてしまって。ですが、今はだいぶうまくなりました」

晴彦は目を伏せて言った。

「座員に作ってやると喜ぶんです。国を離れて長くなると、どうしても日本の料理が懐かしくなってしまうようで」

「大所帯の切り盛りは大変でしょうな」

「朝倉商会さんとは比較になりません」

「いや、そんなことはない。規模は違っても、統率する苦労は同じです。だが、君なら朝倉商会のような会社でも――」

そのとき、晴彦がはっとして顔を上げた。

「どうかされましたかな」

「今、扉を叩く音が聞こえませんでしたか」

「いや、私には――」

晴彦はそそくさと席を立つと、寄りつきを通り抜けて玄関の扉を開けた。

「どなたかお客様がいらっしゃることになっているのですか」

朝倉が居間から声をかけて寄越した。

「いえ——今日は、誰も来ないように言ってありますので」

「今日は？」

「ええ。ですからご心配なく」

小さく笑って、晴彦は席に戻った。

自分の失策を取り繕うように、晴彦は普段より明るい声で話し始めた。

「そういえば、あの仏像はいかがでしたか。近所にある古美術商の店主が気に入っていて、高値で引き取らせてくれ、とそれは熱心なんですよ」

「売ってはなりませんよ」

口調の激しさに自分でも驚いたのか、朝倉はぎこちなく笑った。

「ご両親の形見なのでしょう」

「今は便利に使わせてもらっていますが」

いぶかしげな顔をした朝倉を尻目に、晴彦は立ち上がった。

「それでは、どうぞこちらへ」

晴彦は寄りつきに移動すると、自分の部屋の前に立った。

朝倉がやって来るのを待って、扉を細く開けると部屋の中からは甘酸っぱい匂いが漂ってくる。

「準備は整っておりますので」

「何の準備ですか」

晴彦は口元に笑みを浮かべた。

「もちろん、私の手料理などよりもっと良い物です」

晴彦は扉を大きく開いた。

朝倉にも後へ続くように促す。

幾重にも張り巡らされた薄い幕をくぐり抜けると、そこはほの暗い闇の中だった。

今や匂いは辺りに満ち満ちて、手足にからみつくようだった。

「ここは……」

「今日は貸し切りです」

そう言って、晴彦は洋灯の灯りを強くした。

ふいに周囲が明るくなり、朝倉が息を呑んだ。

辺りには深青色のもやが流れていた。

部屋の中央には、ゆったりとした長椅子が置かれている。

椅子の上には金糸銀糸に彩られた錦《にしき》や、暗褐色のとろけるような天鵞絨《ビロード》が掛けられていた。

そのまわりには見慣れぬ形をした仏像や、蓮の形をした銀の容器、口元の裂けた像の置き物が並んでいる。

だが、何より目を引いたのは、濡れたように黒い、東洋風の低い卓子の上に置かれた品々だった。

そこには細長い筒が何本も並んでいた。

象牙や鼈甲《べっこう》、青金石で飾られた煙管《キセル》は、洋灯の光を受けてどれも繊細なきらめきを放っている。

八角形の螺鈿《らでん》の盆の上に載っている、小さな炎を灯す愛らしい洋灯は翡翠と銀でできていた。

何を目的とするか知らなければ、阿片《あへん》吸引の道具一式はどれも、見惚《みと》れるほどに美しかった。

「やり方はご存知ですか」

晴彦は訊ねたが、朝倉の返事はなかった。

「そうですか。それではご説明差し上げます」

晴彦は黒い卓子の上に置かれた容れ物のふたを開けてみせた。

中にはねっとりとした黒い塊が入っている。

「生の阿片です」

朝倉からうめき声が洩れたような気がしたが、晴彦は構わず続けた。

「ここへいらっしゃるお客様用に特別にご用意した、大変な上物ですよ。場末で出しているような安物とは訳が違います」

次に晴彦は闇に消えそうな細い鉄針を取り出した。

「この針に阿片を突き刺して、香油の洋灯にかざすんです。ちょうどよい塩梅に柔らかくなったら、お好きな煙管に詰めてください。差し支えなければ、私がお手伝いさせていただきますが……」

さあムッシュウ、と晴彦は朝倉に手を差し伸べた。

伸ばした手の先で、朝倉の身体がびくりと震えて後ずさった。

「こちらに横たわってください。もっとくつろぎたければ着物もお貸ししますが」

「何だね、これは」

ようやく、朝倉が声を押し出すようにして口を開いた。

その声には怒りが満ちていた。

晴彦は気づかぬふりで、とろんとした眼差を朝倉に向けた。

「何、とは」

「君はこんな商売もしているのか」

朝倉が部屋の片隅に立てかけられている石版を指差した。

そこには十ほどの頭文字が並び、その横に印や数字が書かれている。

そしてそのかたわらは精緻に編まれた竹かごが置かれてあり、中に札束が無造作に放りこまれていた。

晴彦は眉をひそめた。

「朝倉さんも例の娼館に行ったのでしょう」

「何だと」

「そこのマダムから話を聞いたのではないのですか」

「何をだ」

朝倉が吠えた。

「極上の阿片を吸いたければ、那須一座の番頭の貸間《アパルトマン》を訪れて、黄金の仏像を持ち上げてみせればよい。それが合図だから、と」

「あの仏像をそんなことに――」

朝倉の声が震えている。

「あの程度では、潰してもたいした金額にならないんです」

「ふざけるな」

垂れ幕を引き千切るようにして部屋の外に出た朝倉を、晴彦は追いかけた。

寄りつきで朝倉は、肩を荒く上下させている。

「もしかしてご存知なかったのですか」

「知るわけがない。こんな、こんな物――。まさか高瀬はこのことを知って――」

晴彦は首を横に振った。

「それとなく話を持ちかけてみたのですが、高瀬さんは阿片に対するご理解がないようでしたのでお誘いしておりません」

「当たり前だ。朝倉で阿片に関わる人間などあってはならぬ」

「阿片はいいものですよ」

晴彦は朝倉の腕に手を伸ばした。

「朝倉さんは阿片に悪い印象をお持ちなのです。恐らくは、薄汚れた阿片窟の噂話をお聞きになっていらっしゃるのでしょう。ですが、ここで出している阿片は逸品揃いです。土耳古《トルコ》、埃及《エジプト》、香港と、多くの入手先から優れた阿片だけを分けてもらっております」

やめろ、と朝倉が唸った。

「阿片を吸い続ければ、痩せ細って衰弱していくと言われています。頭は朦朧《もうろう》として、何も考えられなくなると。ですがそれは、質の良くない阿片を吸った場合だけですよ。ここに通ってきてくださるお客様の中には、十数年も阿片をお吸いになっていらっしゃる方もいます。ですが、皆様はいずれも元気で若々しく、人生を楽しんでいらっしゃいますよ」

「いい加減にしろ」

朝倉が晴彦の手を振り払って言った。

「金のあるうちはいい。だが、金が続かなくなったらどうする」

晴彦を睨みすえる朝倉の目は怒りで燃えていた。

こんなときに、どういうわけか、晴彦は朝倉の怒りを好ましく思った。

駄目なものを駄目だと言う、そのまっすぐさが心地よかった。

「中毒になった人間が薬を与えられなくなったら、どうなるか、どうするのか、あんたは分かっているのか」

「さあ、それは――」

晴彦は笑った。

「ですが、朝倉さんなら大丈夫ですよ。お金ならたくさんお持ちでしょう。今日ここで阿片をお吸いになって、お気に召していただけたなら、日本にも良い阿片窟がありますから、ご紹介いたしますよ」

「失礼する」

朝倉が足音も荒く部屋を出ていったのを見届けて、晴彦は寄りつきの長椅子にくずおれた。

終わった、と思った。

朝倉はすぐにでも日本へ帰るだろう。

そして孝介のことなど二度と思いだそうとせず、高瀬を正式な後継者とするだろう。

祖父と孫をつなぐ糸を、晴彦はこの手で断ち切ったのだ。

「和彦……」

うなだれて、晴彦は弟の名を呼んだ。

繰り返し呼んだ。

まぶたの裏で、弟が哀しそうな目で晴彦を見ている。

ほっとしたのか、悔やんでいるのか、逃げ出したいのか、謝りたいのか、晴彦は自分が何を考えているのか分からなかった。

そのときだった。

静まり返った貸間《アパルトマン》に、遠くからコツコツという足音が聞こえてきた。

それは晴彦たちの部屋の前まで来るとぴたりと止んだ。

「お見事でした」

開け放たれたままの扉の外で、男はそう言った。

晴彦はのろのろと顔を上げた。

黒い外套が闇に溶けて、その白い顔だけがぼうっと浮かんで見える。

「高瀬さん……」

高瀬は部屋の中へ入ってくると、後ろ手で扉を閉めた。

「下で朝倉と会いましたよ。仕事が早目に終わったので、貴方へのお礼と出迎えがてらやって来たという理由をつけてね」

お見事でした、と高瀬は繰り返した。

「長年、朝倉のそばにいますが、あれほどの怒りは滅多に見ません。『那須一座には二度と関わるな』と怒鳴りつけて帰っていきましたよ。貴方は期待以上にやってくれました。もうこれで、片桐孝介を朝倉商会の後継者になどと考えることはないでしょう」

この一年来張り巡らせてきた手が、ことごとく嵌まって嬉しいのか、高瀬は普段と違って饒舌だった。

「朝倉は今でも阿片を強く憎んでいます」

寄りつきの中を、高瀬はゆっくりと行ったり来たりしながら話し続けた。

「朝倉家は横浜の生糸貿易で財を成しました。それを足がかりに金融業へと手を広げたのですが、今も主要な部門のいくつかは横浜にあります」

今から十年ほど前、と朝倉は言った。

「横浜居留地で阿片密造の摘発が行われました」

加賀町警察署始まって以来の大捕物で、同署は清国領事に照会した上で某館に踏みこんだ。

不意を打たれた密造者たちが器具を隠す暇もなく、慌てて逃げようとするのを、警官たちは追いかけた。

その追跡劇のさなかの事故で、朝倉友継と彼の妻子は命を落とした。

元々、横浜で阿片禍を見聞きしていた朝倉友隆の阿片嫌いは、これで決定的なものになった。

外国に出た途端、娼館通いに阿片吸引と羽を伸ばす者も多い中で、朝倉商会においては絶対の禁忌となっていた。

「息子を間接的に殺した阿片で、孫は金儲けしていたのですからね」

朝倉はどれほど孫に夢を見、期待していたことだろう。

しかし結果は手酷い裏切りだった。

最愛の息子と似ていれば似ているだけ、その怒りは増したに違いなかった。

「さて、山中さん。貴方はすぐにでも日本へお戻りになるのでしょうね」

高瀬が口元に薄い笑みを浮かべて晴彦を見下ろしている。

「日本へ、戻る……」

「そうですよ。もう貴方がここにいる理由はないはずです。いつまでも曲芸師一座にいるわけにはいかないでしょう。すぐにでも船を手配しますよ」

突然、晴彦は「抗いたい」と思った。

今までずっと、高瀬の脚本通りに演じてきた人形が、舞台の上で目を覚ましたようだった。

何を今さらと思いながら、晴彦の心の奥底から否定の声が湧き上がってくる。

どう言っていいかは分からぬ、だが何か言わねば、と晴彦が口を開きかけたそのときだった。

「勝手に決めてもらっては困りますね」

ふいに声がした。

瞬間、高瀬の顔色が変わった。

晴彦もはね起きた。

この場にいる二人の、どちらのものでもない、その声——。

晴彦と高瀬の視線が、吸い寄せられるように声のしたほうへ向けられた。

視線の先で扉が静かに開く。

高瀬が息を呑むのが分かった。

居間の奥にあるその部屋の中から、ひとりの男が姿を見せた。

紛れもない、その部屋の持ち主である。

「孝介さん……」

晴彦の声がかすれた。

現れたのは片桐孝介だった。

誰ひとりとして動こうとしなかった。

何か言おうとしても、喉が押し潰されたようで声にならない。

凍りついた空気がこのまま永遠に続くのではないか——そう思ったとき、孝介が口を開いた。

「立ち聞きなど、品のない真似をして申し訳ありません。何しろ育ちが悪くて」

孝介はゆっくりと寄りつきまでやって来た。

ずっと暗い場所にいたのか、眩しそうに目を細めている。

高瀬が孝介を見据えたまま言った。

「一体いつから……」

「昼過ぎにはいましたよ」

ハルが、と言って孝介が晴彦に視線を向けた。

「客を招待するようで、何度も市場と部屋を行き来していましたから、その合間に入ったんです。自分の部屋ですから問題ないでしょう」

「何故そんな真似を？」

「覚えていらっしゃるかどうか分かりませんが――」

高瀬に訊ねられると、孝介は首をかしげるようにして言った。

「マレにある食堂で、私とハルが食事をしていたとき、高瀬さんが入っていらしたことがありました」

「……ええ」

「あの店の赤い椅子は背もたれが高くて、窓に背を向けて座っていれば顔が見えません。ですから、店の前を通りがかった貴方に見えたのはハルだけだったはずです。それなのに貴方は、私に挨拶をするために店の中へ入ってきた。ハルとは初対面だと言っていたのに、どうして私がいると分かったのでしょう」

高瀬が唇を嚙み締めた。

「そのことがずっと引っかかっていたんですが、私の考えすぎなのだと思っていました。貴方を疑うなど考えもしなかった」

でも、と孝介が続けた。

「ハルがサツキの主人である鈴木の顔を知らないと分かったとき、サツキの一件は聞かされていた通りの話ではないかもしれないと思いました。そして赤い椅子の店のことを考え合わせて、貴方が以前からハルのことを知っていたのかもしれない、とも」

孝介の淡々とした声だけが部屋の中に響いている。

「改めて、サツキの件を調べました。そして、貴方から聞いた話と事実はだいぶ違うということが分かった。それからずっと、貴方とハルの動静に注意していたんです。貴方が奇妙な物を手配してこの部屋に送ったり、公演中は休演日でも小屋から離れないハルが、今夜は用事があるからと座長に申し出ていたり――」

「そして貴方はすべて聞いたのですね」

孝介が拳で壁をコンコンと叩いた。

「この部屋は案外、安普請ですからね」

「だったらすぐに朝倉を追いかけるといい」

「追いかける？　どうしてですか」

孝介が高瀬をまっすぐに見返した。

珍しく、高瀬の顔に感情のようなものが浮かんだ。

「聞いていたならお分かりになったはず。貴方は朝倉商会の正当な後継者だ。貴方は阿片に何の関わりもない。今すぐ追いかけて真実を話せば――」

「私は那須一座の番頭です」

「朝倉家は富豪ですよ」

「ええ、金はいつだって必要なんですが」

孝介は居間へ行って仏像を手にすると、寄りつきに戻ってきた。

「母と父が別れるときに、この仏像と一緒に大層な手切れ金をもらっているはずです。

これ以上はもらえません」

「朝倉友隆は貴方を望んでいるんです」

「俺は望んでいない」

言うなり、孝介は仏像を壁に叩きつけた。

黄金の塊は床に落ちると、堅い音を立てて転がっていった。

「あんたの物差しで測るな」

孝介が言った。

高瀬はずいぶん長い間、無言のままだった。

その目は鈍く光る仏像を見つめていたが、どこか遠くを見ているようにも思えた。

どれほどそうしていたことだろう。

「私がしてきたことは――」

ため息をつくと、高瀬は小さな声で言った。

「壮大な無駄だったというわけですか」

「貴方ほど頭の切れる人間でも、読み間違えることがあるんですね」

「私など、朝倉友継に較べれば――」

高瀬がつぶやくように言った。

「高瀬さん。ひとつだけ教えてください」

「……何でしょう」

「何故、私を殺さなかったのですか」

訊ねた孝介の顔を、高瀬は目を細めて見つめた。

「何故？」

「そうでしょう。こんな面倒な芝居など打たなくても、私を殺すのが一番手っ取り早い。私のような浮き草家業の人間、しかも外国人が、旅の途中で行方不明になっても誰も怪しま――」

「貴方はその顔で、私にそんなことを言うのですか」

高瀬が孝介を遮った。

「片桐さん。貴方は本当に、貴方の父親にそっくりだ。顔も声も何もかも、朝倉友継に生き写しです」

友継が死んだとき、と高瀬は言った。

「私もその場にいました。友継の後ろを走る馬車に乗っていたのです」

馬車は急な下り坂に差しかかっていた。

友継とその妻子が乗った馬車の馬は、逃亡する犯人に驚いて暴走を始めると、そのまま壁に激突し、三人は馬車から投げ飛ばされた。

続いて高瀬の馬車も横転した。

地面に叩きつけられた高瀬は立ち上がることができなかった。

高瀬のすぐそばでは、友継が頭から血を流しながら、奇妙な形に歪んだ馬車にもたれかかっていた。

高瀬は何とか身体を起こそうとした。

友継に向かって、鉛のように重い腕を伸ばそうとしたそのとき、友継がはっと目を開けた。

視線を追って振り返ると、興奮した馬が、今度は後続の馬車に衝突したところだった。

体勢をくずした馬車が、激しい勢いで高瀬のいるほうへ滑ってくるのが見えた。

ぶつかる、と高瀬が思ったその刹那、友継が高瀬の身体を突き飛ばした。

その先のことを高瀬は覚えていない。

「次に目を覚ましたのは病院でした。私は大怪我をしていましたが、生きていました。ですが友継は助かりませんでした」

後になって聞いたところによると、大破した馬車と人馬がいくつも折り重なっていた事故現場で、高瀬は友継をかばうように倒れていたという。

誰もが言った。

高瀬さんは血だらけになっても、朝倉の若旦那を守ろうとした。

だが、あんなにひどい事故ではどうにもならないよ——と。

朝倉友隆でさえ高瀬を責めることはなかった。

「私は突き飛ばされた後も、無意識に友継を助けようとしたのでしょう。ですが、守れませんでした。真実は逆でした。友継が私を助けたのです」

自分の父親の話を、孝介は黙って聞いている。

高瀬もまた静かに話し続けていた。

「私たちは子どもの頃から一緒に育てられました。友継が主人であるということはわきまえていましたが、やはり一番仲の良い友人同士でした」

朝倉友隆は息子の友継に「高瀬を見習え」と説教していたらしい。

そのせいか、友継は酒に酔うと赤い顔をしてよく言っていたという。

「俺に何かあったら、朝倉の家はお前が守ってくれと。ずっと聞き流していましたよ。そんなことは、あるわけがないと思っていましたから」

しかしそのまさかが起きたとき、酒の上での戯言は、高瀬にとって重さを増していったのか。

朝倉家の後継者になること、それは高瀬をかばって死んだ友継との約束を守ることだった。

「何故と訊くのは私のほうだ」

高瀬が孝介を見た。

いや、見ているのは孝介であって、孝介ではなかった。

「どうして私を助けた」

朝倉友隆が部屋を出ていった後に現れた高瀬が、彼らしくもなく雄弁だった訳を、そのとき晴彦は知った。

うまくいった、後継ぎになれるなどと、単純に喜んでいたのではない。

逆なのだ。

孝介に濡れ衣を着せたことに対して、これでいい、こうするしかなかった、と必死に自分に言い聞かせていたのだ。

高瀬を突き動かしていたのは、友継との約束を守りたいという気持だった。

だがそのためには、友継とそっくりな孝介を陥れなければならなかった。

その激しい矛盾が、常に冷たいほど落ち着いた高瀬の中で渦巻いていた。

「俺は朝倉友継ではありません」

孝介が言った。

「分かっています」

高瀬が答えた。

確かに頭では分かっていただろう。

だがそれでも、高瀬は「手っ取り早い方法」を取ることができなかった。

朝倉友隆が夢見たように、高瀬もまた夢を見たのだ。

友人が今も生きていて、自分のそばにいるという幸せな夢を——。

ふいに、孝介が高瀬に向かって頭を下げた。

「これまで那須一座を贔屓にしてくださってありがとうございました。番頭としてお礼申し上げます。それから――」

孝介は顔を上げると、わずかに目を細めて高瀬を見た。

「貴方が父を助けたかったように、父も貴方を助けたかったのだと思います」

高瀬が軽く目を見開いた。

そしてしばらくの間、じっと孝介を見つめていたが、やがて軽く会釈すると、静かに部屋を出ていった。


部屋には晴彦と孝介だけが残された。

長椅子の上で晴彦はうつむいていたが、孝介がじっと自分を見ているのが分かった。

「和彦というのは弟の名前か」

孝介が訊ねた。

その声にいつもの皮肉な響きはなく、むしろいたわりを感じて、晴彦はいたたまれなくなった。

「身体が弱いと言っていたな。お前、それで――」

「申し訳ありませんでした」

晴彦はそう言って立ち上がると、後も見ずに部屋を駆け出した。

「おい、ハル」

待つんだ、と言う孝介の声が背後から聞こえる。

追いかけてくる足音を振り切るようにして、晴彦は走った。

ただ逃げたかった。

貸間《アパルトマン》を飛び出し、細い小路を縫うようにすり抜け、広い通りを横切ろうとしたそのときだった。

「危ない」

誰かが叫んだ。

馬のいななく声が辺りに響き渡る。

街灯の光の下で、御者の顔が恐怖で歪んでいるのが見えた。

前脚を上げた馬の大きな身体が間近に迫ってくる。

一瞬の出来事だったはずだが、晴彦の目には周囲の景色がゆっくりと流れているように見えた。

遠くで孝介が晴彦を呼んだような気がした。

——ごめんなさい。

つぶやいて、晴彦はそれきり意識を失った。

騙すために信頼してもらおうとした。

笑顔も、役に立とうとしたことも、何もかも下心あってのことだった。

それを知って孝介は傷ついたはずだ。

どんな理由があっても、傷つけたことに変わりはないのに、あのとき、弟のことを話せば許されるかもしれないと思った。

期待が胸をかすめた瞬間、晴彦は自分が嫌になった。

だから逃げ出したのだ。

全身が黒く汚れているくせに、赤く大きな口だけがぺらぺらと言い訳をさえずっている醜い生き物になったような気がした。

強くて優しい孝介がついた嘘を許そうとするなら、せめて自分だけでも許さないでいよう——。

晴彦は目を覚ました。

白い天井、そしてかたわらに大きな窓が見える。

窓の外には鈍色《にびいろ》の重苦しい空が広がっていた。

薬の匂いが漂う六畳ほどの広さの部屋に、晴彦はひとりで寝ていた。

そろそろと全身に触れてみたが、左手と頭に包帯が巻かれているだけで、さほど痛みは感じなかった。

そして何より命がある。

何て悪運が強いのか、と晴彦はため息をついた。

かつて、高瀬と孝介の父親が遭った馬車の事故を思えば、悪魔に護られているような軽傷だった。

辺りに人の気配はなかった。

起き上がると、晴彦は寝台の下に足を下ろし、ゆっくりと立ち上がった。

一刻も早く、ここから出ていこうと思った。

病院に運んでくれたのも、入院させてくれているのも、すべて孝介の計らいに違いなかった。

あんな真似をしたくせに、それでもなお孝介の好意に守られている自分が心底情けなかった。

外套を羽織って部屋を出ると、晴彦は薄暗い廊下を、壁に寄りかかるようにして歩き始めた。

そうして、突き当たりまで来たときだった。

突然、わっという歓声が聞こえた。

慌てて柱の陰に隠れ、声のしたほうをのぞき見ると、そこは丸い天窓のついた広間になっており、患者とおぼしきたくさんの人間が集まっていた。

彼らの視線の先——熱い視線を一身に浴びて立っていたのは座長だった。

ひとり場違いなほどきらびやかな着物を身につけている。

座長は綱の上で傘芸の真っ最中だった。

これがモンマルトルの小屋であれば、国技館にある優勝写真額ほどの高さから床まで伸びる綱を張り、一番高い場所から地上まで、傘を片手に滑り降りるのが常だった。

しかも、その綱の途中で動きを止め、片足で立ったり、一回転までしてみせるのである。

欧州広しといえど、他の誰にも真似のできぬ座長の至芸だった。

だが今、座長が立っているのは、大人の背丈ほどの高さしかない綱の上である。

普段の興行からすれば子どもの遊びのような高さだった。

座長は色とりどりの傘を操っては、身軽に飛んだり跳ねたりしている。

ひとつひとつの姿勢が決まるたび、子どもも大人も手を打って喜んでいた。

どこが出口で、どう行けば見つからずにすむかだけを考えていた晴彦だったが、気がつくと座長の芸から目を離せなくなっていた。

最初はその動きに見惚れていた。

地上の頸木《くびき》から解き放たれているような軽やかさで、座長はくるくると自在に空中を舞っている。

背筋が寒くなるような高さを行き来することに較べれば、座長にとっては朝飯前と思えた。

だが、笑顔を絶やさぬその顔の裏に潜む気迫に、晴彦は気づかないわけにはゆかなかった。

額ににじむ汗や、跳んだ瞬間に袴の裾から見える足の筋肉の張りが、気軽に、楽にやっているわけではないということを教えていた。

興奮したのか、栗色の髪をした子どもが手足をばたばたさせながら言った。

「僕もやる。僕もやるよ」

座長はくるりとトンボを切ると、男の子の前にふわりと立って言った。

「小せえの。名前は何ていう」

「ガブリエル」

「大天使様か。まずは病気を治してからだ」

「分かった。お薬飲むよ……嫌だけど」

ガブリエルが鼻の頭にしわを寄せてうなずいたので、まわりの大人たちはどっと笑った。

「約束だよ、ムッシュウ。治ったら教えてね」

「いいとも」

「綱渡りって難しい？」

「簡単じゃあねえが――」

幼な子の真剣な質問に、座長がにっと笑って答えた。

「こんなに面白いもんは、この世にねえ」

そう叫ぶと、座長はぽんと勢いをつけて綱の上に飛び乗り、派手に見栄を切ってみせた。

もう何度目になるか分からない歓声が上がったその瞬間、幕が切れたように天窓から光が射しこんだ。

冬の陽射しは広間の中の木の机を、古い洋琴《ピアノ》を、いくつも飾られた壁の絵を、優しく染め上げていった。

晴彦は魅入られたように動けなかった。

身体中に満ちていた、暗く追いつめられた気持が次第に薄らいでいく。

己の醜さを痛感させられるのが嫌で、座長の芸から顔を背けていたことさえ、不思議と遠くに感じられた。

ただ一点を凝視して、自分を許さないと思いつめていた心がふいにほどけ、今、晴彦は自分には何ができるだろうかと考え始めていた。

やってしまったことは決して消えない。

だが、未来は白紙だった。

気がつくと、晴彦は立ち上がり、少しずつではあったけれど、前を見ていたのだった。

良いはずのものを見て何も感じない一方で、以前は何とも思わなかったものや嫌いですらあったものが、痛切に胸に迫ってくるときがある。

人はいつか、そういう「とき」に巡りあうことがあるのだ。

「お客次第だ」と言った座長の言葉がしきりに思い出された。

座長は自分の芸の良さを信じていても、それを無価値とみなす人間もいるのだということをわきまえている。

それを理解しつつも、決して手を抜かないのだ。

そこには、良いものを与えてやっているという押しつけがましさは微塵もなく、気づくまで待ってやろうという傲慢な意識もない。

控え目で、ただ静かだった。

お守りのようだ、と晴彦は思った。

それはいつもかたわらにあって、人の心を守っている。

背後に人の立つ気配がした。

「どんなに安っぽい急ごしらえの舞台でも、綱の上ならあの人は最高なんだ」

孝介だった。

「お前をここに運んだとき、俺たちが那須一座の人間だと分かって、患者のために芸を見せてくれるよう頼まれたんだ。おかげで、お前をいい部屋に入れてもらえた。しかも追加料金はなしだ」

「さすがですね、孝介さん」

晴彦は笑おうとしたが、顔は気持を裏切って、涙が頬を伝った。

「申し訳ありませんでした」

「もういい」

孝介にしては珍しく子どもっぽい口調に、晴彦は顔を上げた。

「昔から恨まなくちゃならない奴が多すぎて、手一杯なんだ。お前にまで手が回らない」

「ですが、朝倉さんは」

「朝倉友隆は巴里を離れた。出発間際に、阿片中毒者を治療している病院に多額の寄付をしていったそうだ」

孝介が天窓を見上げて言った。

「血のつながったじいさんがどうでもいいわけじゃない。父親も母親も気の毒だと思っている」

だが、と孝介は言った。

「俺の面倒を見てくれたのは那須一座なんだ。俺は、俺を生かしてくれたもののために生きたい。阿片の件は荒っぽかったが、あれで良かったと思う。俺は一座を離れる気はないからな」

広間からいっせいに拍手が沸き起こった。

座長が四方に向かって、深々とお辞儀をしている。

「お前の弟はよほど悪いのか」

孝介が訊いた。

「生まれつき心臓が弱いんです。身体は小さいですし、いつも貧血を起こしています」

今度は言い訳とは思わなかった。

問われるままに晴彦は答えた。

「医者からは、成人できるかどうか分からないと言われたこともあります」

二親は死んだが、それなりの家作を残してくれたため、晴彦は上の学校へ進むことができたし、弟の面倒を見続けることもできた。

「そんなときに、心臓の病気に強いという病院の話を聞いたんです」

そこは独逸の最先端の医療を取り入れていると評判だったが、とてつもなく費用がかかった。

「学校にいる頃、たまたま高瀬さんと知り合ったんです。目をかけてくださって、書生のような立場でした。結局、それがきっかけになって――」

晴彦は言葉を切った。

「弟は反対していました。でも俺はあいつを健康にしてやりたかった。美味い物を食べさせて、綺麗な物を見せてやって、いい人生を送らせてやりたかった。たったひとりの弟ですから」

ふっと孝介がため息をついた。

「やっぱり一度は殴っておくべきだったな」

「ええ、どうぞ」

「お前じゃない、高瀬さんんだ。人の弱味につけこむのがうますぎる」

だが、そう言った孝介の声に棘はなく、どこか哀しげだった。

広間では座長が患者たちに取り囲まれていた。

どこから持ってきたのか、小さな花束を抱えた女性までいる。

孝介が言った。

「お前は日本に戻れ。弟に心配させるな」

「ですが――」

「お前にかかった金は返してもらう。全部つけておいてやるさ」

「切れ者の番頭としては、ずいぶん甘くありませんか」

晴彦は苦笑いを浮かべた。

「俺も朝倉のじいさんのことは悪く言えないんだ。お前は役に立つからな。うちで働かせて、身体で返してもらうつもりだ。だが、今は仕方がない」

孝介が晴彦をまっすぐに見た。

「いずれ巴里に戻ってこい。弟とはちゃんと話をするんだ。お前の気持は分かる。だが、人生はそれぞれのものだ。弟にも弟なりの考えがあるだろう。それを無視するな」

話しているのは孝介なのに、不思議と晴彦の耳には、日本にいる弟が話しているように聞こえた。

やはり二人は似ている、と思った。

魂が同じ形をしているのかもしれなかった。

晴彦がうなずくと、孝介が口元を歪めるようにして笑った。

「戻るのが遅くなればなるほど、借金の利子はどんどんかさんでいくぞ。お前、一生ただ働きかもな」

「金利はいくらですか」

晴彦は目をむいた。

「座長は、お前が俺のお守りだと言ったそうだな。お前がいれば自重するからと」

「はあ」

「これもお守りだ」

「借金がですか」

「借金ほど人を真剣にさせるものはないからな。仕事をやる気にさせるお守りだ」

働いてもらうぞ、と言って孝介は笑った。

「おい、孝介。片づけを手伝え。ハル、もう大丈夫なのか」

座長が手を上げて二人を呼んだ。

今行きますと言って、孝介は晴彦の肩を叩くと、広間のほうへと足を向けた。

はずむような話し声が辺りに満ちていた。

笑顔を浮かべた人々の輪がそこかしこにできており、天窓から太陽が、手を差し伸べるようにして柔らかな光を投げかけていた。

晴彦は目を細めた。

いつまでもこの光景を覚えていよう。

そして日本に帰ったら、今日のことも、これまでのことも全部、和彦に話してやろう——そう思った。

晴彦の視線の先に、孝介と座長が立っていた。

人の心を護り、照らす光は東方からやって来る。

異国の地へも届いたその光が今、晴彦の胸に溢れていた。

この作品は書き下ろしです。原稿枚数383枚（400字詰め）。

幻冬舎文庫

●最新刊
秋吉ユイ
教室の隅にいた女が、モテキでたぎっちゃう話。

地味で根暗な3軍女シノは、明るく派手でモテる1軍男ケイジと高校卒業後も順調に交際中♡――のはずだったが、新たなライバル登場で事件勃発。すべてが実話の爆笑純情ラブコメディ。

●最新刊
朝比奈あすか
やわらかな棘

強がったり、見栄をはったり、嘘をついたり……。幸せそうに見えるあの人も、誰にも言えない秘密を抱えてる。女同士は面倒くさい。生きることは面倒くさい。でも、だから、みんな一生懸命。

●最新刊
雨宮塔子
パリごはんdeux

パリに渡って十年あまり。帰国時、かつての同僚とつまむお寿司、友をもてなすための、女同士のキッチン。日々の「ごはん」を中心に、パリでの暮らし、家族のことを温かく綴る日記エッセイ。

●最新刊
安藤桃子
0・5ミリ

介護ヘルパーとして働くサワはあることがきっかけで、職を失ってしまう。住み慣れた街を離れた彼女は見知らぬ土地で見つけた老人の弱みにつけこみ、おしかけヘルパーを始めるのだが……。

●最新刊
井上荒野
だれかの木琴

自分でも理解できない感情に突き動かされ、平凡な主婦・小夜子は若い美容師に執着する。やがて彼女のグロテスクな行為は家族も巻き込んでいく……。息苦しいまでに痛切な長篇小説。

幻冬舎文庫

●最新刊
帝都東京華族少女
永井紗耶子

明治の東京。千武男爵家の令嬢・斗輝子は、住み込みの書生たちを弄ぶのが楽しみだが、帝大生の影森にだけは馬鹿にされっぱなし。異色コンビが手を組んで事件を解決する爽快&傑作ミステリ！

●最新刊
ぐるぐる七福神
中島たい子

恋人なし、趣味なしの32歳ののぞみは、ひょんなことから七福神巡りを始める。恵比須、毘沙門天、大黒天と訪れるうちに、彼女の周りに変化が起き始める。読むだけでご利益がある縁起物小説。

●最新刊
魔女と金魚
中島桃果子

無色透明のビー玉の囁きを聞き、占いをして暮らしている魔女・繭子。たいていのことは解決できるが、なぜか自分の恋だけはうまくいかない。仕事は発展途上、恋人は彼氏未満の繭子の成長小説。

●最新刊
まぐだら屋のマリア
原田マハ

老舗料亭で修業をしていた紫紋は、ある事件をきっかけに逃げ出し、人生の終わりの地を求めて彷徨う。だが過去に傷がある優しい人々、心が喜ぶ料理に癒され、どん底から生き直す勇気を得る。

●最新刊
天帝の愛でたまう孤島
古野まほろ

勁草館高校の古野まほろは、演劇の通し稽古のために出演者達と孤島へ渡る。しかし滞在中、次々とメンバーが何者かに襲われ、姿を消してしまい……。絶海の孤島で起こる青春ミステリー！

幻冬舎文庫

●最新刊
オンナ
L・i・L・y

30歳になってもまだ処女だということに焦る女、婚約者が他の女とセックスしている瞬間を見てしまった女……。女友達にも気軽に話せない、痛すぎる女の自意識とプライドを描いた12の物語。

●好評既刊
ナインデイズ
岩手県災害対策本部の闘い
河原れん

東日本大震災発災にあたり、最前線で奮闘した岩手県災害対策本部。何ができて、何ができなかったのか。その九日間を膨大な取材をもとに克明に綴った、感動のノンフィクションノベル。

●好評既刊
心を整える。
勝利をたぐり寄せるための56の習慣
長谷部　誠

心は鍛えるものではなく、整えるもの。いかなる時でも安定した心を装備することで、常に安定した力と結果を出せると長谷部誠は言う。１３６万部突破の国民的ベストセラーがついに文庫化！

●好評既刊
緊急取調室
井上由美子・脚本
相田冬二・ノベライズ

緊急取調室で真壁有希子を待っていたのは、厄介な被疑者ばかり。自身の言葉だけを武器に、欲や涙で塗り固められた真実を彼女は見抜けるのか？刑事と被疑者の攻防を描く新しい警察小説。

●好評既刊
ジャッジ！
澤本嘉光

サンタモニカ国際広告祭で審査員をすることになった落ちこぼれクリエーターの太田と、同僚のひかり。二人を待ち受ける、陰謀渦巻く審査会。恋と仕事、人生最大の審査〈ジャッジ〉が始まった！

クラーク巴里《パリ》探偵録《たんていろく》

三木笙子《みきしょうこ》

平成26年2月10日　初版発行

発行人——石原正康
編集人——永島賞二
発行所——株式会社幻冬舎
〒151-0051東京都渋谷区千駄ヶ谷4-9-7
電話　03(5411)6222(営業)
　　　03(5411)6211(編集)
振替00120-8-767643
印刷・製本—図書印刷株式会社
装丁者——高橋雅之

検印廃止

幻冬舎文庫

ISBN978-4-344-42163-9　C0193　　み-27-1

幻冬舎ホームページアドレス　http://www.gentosha.co.jp/
この本に関するご意見・ご感想をメールでお寄せいただく場合は、
comment@gentosha.co.jpまで。